LAWRENCE BLOCK

勞倫斯・卜洛克｜一九三八年出生於紐約水牛城。
除了極少時間之外，卜洛克幾乎都定居於紐約市內，
並以該城為主要背景，從事推理文學創作，成為全球知名推理小說家，
因而獲得「紐約犯罪風景的行吟詩人」美譽。

卜洛克的推理寫作，從「冷硬派」出發而予人以人性溫暖；
屬「類型書寫」卻不拘一格，常見出格筆路。
他的文思敏捷又勤於筆耕，自一九五七年正式出道以來，
已出版超過五十本小說，並寫出短篇小說逾百。
遂將漢密特、錢德勒所締建的美國犯罪小說傳統，推向另一個引人矚目的高度。
卜洛克一生獲獎無數。他曾七度榮獲愛倫坡獎、十次夏姆斯獎、
四次安東尼獎、兩次馬爾他之鷹獎、二〇〇四年英國犯罪作家協會鑽石匕首獎，
以及法、德、日等國所頒發推理大獎。
二〇〇二年，繼一九九四年愛倫坡獎當局頒發終身大師獎之後，
他也獲得夏姆斯終身成就獎。
二〇〇五年，知名線上雜誌《Mystery Ink》警察獎（Gumshoe Award）
同樣以「終身成就獎」表彰他對犯罪推理小說的貢獻。

卜洛克已在臉譜出版的系列作，
包括「馬修・史卡德系列」、「雅賊系列」、「密探系列」及「殺手系列」等。

劉麗真｜譯者｜政治大學新聞系畢業，資深編輯工作者。
譯有《死亡的渴望》、《奪命旅人》、《譚納的非常泰冒險》、
《卜洛克的小說學堂》、《改變歷史的聲音》等書。

RESUME SPEED

搭下一班巴士離開

BY LAWRENCE BLOCK

勞倫斯・卜洛克

劉麗真—譯

FACES PUBLICATIONS

〈導讀〉

一則逃亡之詩，或者，一曲酒鬼戀歌

劉梓潔

「生命中少得了造化弄人？不說了，倫敦是我絕對不會去的地方。你呢？」

家，他想。

但他嘴上卻說，「我不知道，也許是夏威夷吧。」

讀完偶像卜洛克的最新中篇小說《搭下一班巴士離開》後，我想起一則從朋友那兒聽來的悲傷的死亡紀事。主角是那朋友的朋友，一位科技業高級主管，爲人拘謹，風度翩翩，在公司尾牙宴後夜歸，回到家後，打開冰箱門像是想取冰水止渴，卻在那瞬間，被自己從胃裡翻攪上來的嘔吐物哽噎住，倒在冰箱邊，窒息身亡。家人發現時已是清晨，他被冰箱門縫射出的陰森藍光照拂了一夜，伴隨陣陣冰冷霜風。

《搭下一班巴士離開》的主角比爾，在小說的尾聲，也想到了這種死法，酒醉後被穢物卡在喉嚨，不能呼吸，「不知道發生什麼事情，就此死去。這也不是件壞事。」可惜的是，比爾總是太幸運、或是太不幸，醉倒時總是面朝下，以至於躺在自己的嘔吐物中醒來時，看著自己身上的血跡與抓痕，努力拼湊醉前破碎的記憶，害怕惹禍上身，害怕警察上門，怎麼辦?!

搭下一班巴士離開。

離開之後，隨機選定一個荒蕪小鎮下車，胡亂謅個假名，走進餐館應徵，暫時性地安定下來。與圖書館女館員談談戀愛，相互依偎，短暫取暖，房子車子等配件因應馬子一一齊備，等到來到好像快要在此時此地與此人定下來的關鍵時刻，他老兄又來了：爛醉，闖禍，逃亡。魯蛇三步驟，周而復始。

卜洛克在他的部落格中透露，這是他三十五年前從朋友那兒聽來的故事，他直覺可以發展成小說，一直放在故事倉庫裡。我不知道卜洛克聽到的那個眞實版本原型是什麼樣：一個廚藝精湛的料理達人，一喝酒就惹事犯案，並且醒來時忘得一乾二淨，只好帶著鍋鏟浪跡天涯？躲躲藏藏過一生？

然而，可以確信的是，這樣的故事，透過卜洛克獨特且擅長的詩意偵探敘事手法，變成了一則人生寓言。卜洛克很顯然不想把《搭下一班巴士離開》當做一個有頭有尾、循線追索、殺人緝凶的傳統偵探小說來處理，而是以簡潔、精巧、富含哲理的方式，讓這部中篇在故事表層的迷人敘述之下，浮出一條條清晰的人生命題。如果將一部優秀的偵探小說比喻成剔透無瑕的肌膚，《搭下一班巴士離開》則可以讓你讀到一條條通往心臟的青筋血脈。

因為他必須離開。他身體的某個部分一定察覺到了這一點，否則他何必推遲跟卡蓮妮的約會？為什麼喝光一瓶酒，還要出門買醉？

甦醒之後，發現自己躺地板上，滿身血跡與穢物，懷著無窮的恐懼、懊悔與罪惡感，帶著一切，其中孕育著邪惡的想法。

現在是你的機會。你可以斬斷逃離，你可以把一切拋在腦後。

究竟催逼追趕著比爾，使他不得不倉皇離開的，是什麼呢？是自己都搞不清楚的前科？是打草驚蛇的通緝？或是，僅僅只是，身體的某個邪惡、恐懼、懊悔的部分，讓他必須離開？必須把自己灌醉，把眼前的幸福圖景擊碎，搭車去到下一站，重新開始。

說到酒，便不得不提猶如卜洛克筆下、完美到讓（女）人心碎的馬修．史卡德。不同的是，硬漢馬修與酒纏鬥了十多集動輒三百頁厚的系列小說，而卜洛克只打算讓逃亡者比爾出現個百來頁，二萬一千個英文字。另一個不同的地方是，馬修兩字等於紐約，他是城市裡的浪遊詩人，而比爾則在荒涼廣垠的州境流竄，在灰撲撲的長程巴士上，在要豔遇只能找公立圖書館館員的貧脊小鎮——當然，這也展現了老卜深厚不外露的內力——就算離開紐約，他仍是故事之神。

《搭下一班巴士離開》像柯恩兄弟的電影，小說中的人物與景致，都會讓你覺得下一秒就要有一幫惡棍帶著機關槍進來掃射了，然而，沒有。小鎮的恬靜和諧，伴著柔軟溫存、潮濕甜蜜的愛情，但只要未收服身體裡那隻會出來亂的怪獸，一切便不得所終。比爾永遠去不了的地方，叫做家。

若真如我解讀，這是卜洛克的詩意寓言，亦即諷喻人生在世便是不斷地犯錯懊悔逃亡，那麼，我倒很好奇，老卜口袋裡，對人生的終極答案是哪一個呢？

A.把酒量練好一點再來吧。B.喝掛時，臉請朝下。C.我擁有一切了，但我是誰？

我自己心中的答案是C。卜洛克此次不僅止想譜寫一曲酒鬼戀歌，而是想丟出生命大哉問：我是誰？

比爾（或所有迷惘不安的人）搞不清楚自己到底是誰，糾結於過去，以過去的假名字幹下的蠢事如陰影般籠罩，不敢面對現在，只好把自己丟上巴士，丟向另一個暫時不用負責任的未來。

當然，或許你也不想思考這麼多，只想快快樂樂看故事，那麼，《搭下一班巴士離開》仍是精采的小說。這是等了許久的卜洛克，請好好享受。

劉梓潔

一九八〇年生，彰化人。台灣師大社教系新聞組畢業，清華大學台灣文學研究所肄業。曾任《誠品好讀》編輯、琉璃工房文案、中國時報開卷週報記者。曾獲得聯合文學小說新人獎、林榮三文學獎散文首獎、台北電影節最佳編劇與金馬獎最佳改編劇本，近年並跨足電視，擔任《徵婚啓事》、《滾石愛情故事》編劇統籌。著有長篇小說《眞的》，短篇小說集《遇見》、《親愛的小孩》，散文集《父後七日》、《此時此地》。現爲專職作家、編劇。

RESUME SPEED

LAWRENCE

BLOCK

加爾布雷斯的「旅途」巴士站，就是個拱型天花板的通間。一名服務人員賣車票之餘，還核發漁獵執照、銷售菸草製品。沒地方可坐，他只好站在外頭候車，自覺很顯眼。巴士一開來，他便往人行道移動，上車，一手拿著車票，一手拎著行李。巴士連三分之一的座位都沒滿，他在後面尋了個雙人座，把行李放到頭頂的架子上，一屁股在窗邊的座位落坐，長長的吐了一口氣，這才發現他始終秉著呼吸。

他又長喘幾口氣，糾結鬆開、緊張舒緩。司機關上門，離開人行道。路旁有個交通指示牌註明了城鎮交界，另一個標誌寫著：依限加速。

米妮．波兒（譯註：Minnie Pearl，美國喜劇演員）的老家，他想。這些年來，他始終沒想起這個笑哏。這些年來，他壓根忘了米妮．波兒。

一座又一座的小城，是不是都有這種「依限加速」的標誌？他從沒注意。終於，巴士開上州道——他又深吸一口氣，吐出來，低頭看著自己的雙手，規規矩矩的交疊在大腿上。

想法紛至沓來，漫無頭緒，疑問無解。他眨眨眼，喘口氣，甩脫這片混亂。巴士停車，有人上，有人下。他旁邊的位子還是空的。巴士啓動，不確定有沒有標誌，但車子加速前進。

他閉上眼睛。睡著了。

等他張開眼睛，巴士已經來到另外一個城鎮，停了下來。到站了嗎？沒，是停在紅綠燈前面，等著轉彎。他望向車窗，兩棟建築之外，有家餐廳，霓虹燈拼出店名：卡拉馬塔。

窗戶上還有個手寫的告示。他斜睨一眼，不大確定到底寫著什麼，但冒出一個不壞的點子。

感覺起來，這是一個大小適中的城市，大到有交通號誌，遠到離他上車的地方，頗有一段奔波。待他們趕到車站的時候，他已經飄然離去。

除非他們在長途巴士行經路線上的每一個車站、每一座城鎮，都部署了人手候著他。他盡可高枕無憂。總會有下一座城，另一個餐廳。他買到的是一路通往斯波坎的車票。如果車停下來，他就下車；如果沒停，他就接著坐：隨便怎樣都可以。

巴士又停了。他聽到司機在喊：「越溪！」聽來是此地的地名。他從沒聽過越溪這個地方，但應該在蒙大拿州。仔細想想，越溪總比卡拉馬塔像是這個地方的名字。

隔壁的座位還是空的。站起身來，取走架上的行李，沒什麼不方便的。他走向司機，那傢伙跟他說，只會停一會兒，上下客，如果是想抽根菸，伸伸腿，最好還是等到畢林斯再說。

「我在這裡下車好了。」他跟司機說。

「我還以爲你買的是一路到斯波坎的車票。」

「我突然想在這裡看個朋友。」他說，「斯波坎可以等。」

「斯波坎反正不會跑。」司機同意。「隨身物品都拿了嗎？還是要我開行李廂？」

他搖搖頭，「都在手上。」

「就像那首歌。」他想他的表情一定很狐疑。「你知道的，輕便旅行。」

「不變的堅持。」他說。

他沒算這一路經過了幾條街，但距離那家餐廳應該不到半哩路，照著來路退回去就行了。巴士果然沒停多久，正打算要離站——車站裡面有個簡單的食堂。他一度動念要買點什麼，或者一份烤起士三明治，或者來份薯條。但都要去餐廳了，有哪個傻子還會想買吃的？

卡拉馬塔。日本人會不會唸成卡拉馬替（譯註：Calamity，大災難）？他想起災難．珍。她住在東邊很遠的地方，死木鎮，如果他沒記錯的話。死木鎮，他越想越確定。部分原因是珍的緣故。這輩子你碰過幾個叫做「災難」的女性？

他的手錶指著三點十八分，也可能早一小時，說不定他越過了一個時區。所以，現在可能是三點過一點，或者兩點過一點，這兩種時間對餐廳來說都一樣。午餐剛過，晚餐還隔很久，都是離峰時段，正是他需要的場景。

一步接著一步，可能比半哩要遠一些，反正餐廳總在那裡。霓虹燈閃出：卡拉馬塔。啓事手寫在活頁筆記本撕下來的橫紋紙上，用黑筆齊頭大寫著：熟手／二廚／誠徵。

他推門，走了進去。卡座、散座都有，牆壁右邊是一溜吧台。地上鋪著方塊磁磚。美耐板吧台與桌面。三角旗釘在牆上——越溪高中、蒙大拿州立大學。兩個女人坐在後方的卡座喝咖啡，一縷白煙慢慢的飄到天花板。他馬上就聞到菸味，夾雜在做菜的油煙味兒裡。

典型。眞的。

誠徵二廚的啓事用透明膠帶黏在門後。他把膠帶、啓事一股腦揭了下來，直接走向吧台後方一個杵在那裡的人。矮矮壯壯、下顎發達、黑髮厚髭，黝黑的眼珠看透世情。

他把啓事遞給吧台後面的人。「這張紙沒用了。」他說，「我就是你要的人。」

眉毛抬高半吋。「剛進城？」

「這麼明顯嗎？喔，這個！」他把行李放在高腳椅上。「剛下巴士。」

「你在哪裡做過？」

「到處打工，東晃晃，西晃晃。待過幾家不上不下的小餐館，多半是做簡餐。我可以寫個履歷給你。」

「幹嘛？站吧台的、站烤架的，能做就能做，不能就不能。到掛勾那邊拿件圍裙，回來幫我做個蛋捲。」

「什麼口味？」

「你喜歡什麼口味？」

「我？我喜歡簡單的，就起士。」

「給你選。瑞士、巧達、菲達。」

「菲達拌沙拉比較好。」他說，「我的首選是瑞士起士。」

「那就幫我做個瑞士起士蛋捲。我們通常會用三個蛋，搭配土司。白土司？全麥土司？」

「全麥。」

「配上薯條？」

「對了。」他說。

他做了起來。他想，在蒙大拿中部出現菲達起士（譯註：一種羊奶酪，起源於希臘），一個看起來是希臘裔的老闆。應該不是日本口音裡的「災難」．珍，而是某個希臘字，以前是不是在哪裡聽過？

對。

他把蛋捲裝進盤子裡，配上薯條，放在桌上，再加上他先前塗好奶油的兩片土司，裝在另外一個小碟子裡。

「為什麼要給我？」

「你會不會想吃吃看？口味合不合？」

「我不吃蛋，也不吃炸的東西。醫生老找我麻煩。不，我不用嚐，我看你怎麼做，就知道是什麼味道。這蛋捲是給你的。剛下車，一定餓了，除非你走進車站，做了錯誤的決定，吃了裡面的東西。」

「沒有。」

「很好，否則小命難保。坐，吃，你要咖啡？不，別動，我給你端過去。」

他開始吃了，盡可能克制狼吞虎嚥的衝動。這是早餐也是午餐，從昨天傍晚早早吃完晚餐到現在，還是他第一次吃東西。他總是滿意自己的手藝。

吃到一半，他停了下來說，「橄欖。」

「你在說什麼？」

「卡拉馬塔。」他說，「有點印象，不大確定，但應該是一種橄欖吧？很高級的。」

那人笑了。「又大又紫的王八蛋。有貨的時候，每盤希臘沙拉我放三顆；缺貨，我就放『食物穀倉』的黑橄欖。附近的人好像也分不出好歹。店名是我父親取的，但不是指這種橄欖，而是希臘的一座城市。一長大，他就迫不及待的離開，所以，你開始懷疑他爲什麼給餐館取這個名字了吧？」

「你沒回過老家？」

「以後也不會。如果我眞的要坐飛機，倒不介意看看巴黎。只是要我離開蒙大拿，得有奇蹟發生才成。這裡不壞，越溪。」

「看起來是挺好的。」

「這倒讓我想起個問題。你是覺得這裡挺好的，才決定盤桓一陣子？你知道吧？看你的手藝，我應該會雇用你。但你如果只想存好下段車票錢，工作剛上手，就會離開，對我來說，就派不上什麼用場。你知道我在說什麼吧？」

他點點頭。「我還沒計畫要去哪裡。」

「終你一生，就是夢想在蒙大拿，越溪，成家立業。」

「我是下車前，才聽到這個地名。」他說，「反正，我也沒什麼夢想。」

「從沒有？」

「也許以前有吧。」他說，「這些年沒有。我只知道，哪兒都不壞，隨遇而安。」

「你講得出這話來，看來懂不少。」

「我的生活很簡單。有個機會能吃自己做的食物、幾件換洗衣物、一個睡覺的地方。」

「你連個房間都還沒找到。」

「沒，得先找到工作。」

「你已經找到工作了。我放上個廚師走，算算都快兩個月了。外場顧得還不錯，也沒別的，就是一失蹤就好幾天。有一天早上，他出現了，宿醉，全身打哆嗦。我立馬就明白他爲什麼失蹤這麼多天。你沒這問題吧？」

「沒。就算有，我大概也不會承認。」

「是啊。話一出口，我馬上就問自己，管這閒事幹嘛？你有名字吧？」

「比爾。」他說，「姓湯普森。」

「正港的美國姓名。我叫做安迪．佩吉。」

「也是個菜市名。」

「這個嘛，我只能說我生下來就是這個名字，不過呢，佩吉這個姓，是我爸下船來美國之後才有的。我雇用你了，比爾，我們商量下工時、工資。」

沒花多久時間，兩人就談妥了，握手確認。

「你現在有工作啦。」安迪說，「要不要再來一杯咖啡？一塊派？胡桃派不錯吃。」

「現在不了，謝謝。」

「那好，你去找個房間，安頓下來。一條街外，有間旅館，就在長途車站對面，應該不算太差，還有幾個地方也在租房間。」

「兩條街外，我剛好像經過一個地方。」

「在大街的另外一邊嗎？黃色的大房子，一樓是美容院？房東是米妮克太太，如果她在窗邊張貼啓事，你最好在她拿下來之前，搶先住進去。她家很舒適，維護得又乾淨，如果你是個好房客——」

「我是個好房客。」

「是啊，我想你會是的。跟她說，你是我新雇的二廚。我想你會喜歡那裡的。」

「我想我一定會喜歡那裡的。」

「希望如此，比爾，希望你會喜歡那裡。去吧，租個房間，安頓下來。明天早上進來，開始做早餐。」

有些事情，安迪有自己的做法。每個老闆都有自己的習慣，幸好，比爾·湯普森也沒想堅持什麼。他很快上手，記性又好，一件事情根本不用說兩遍。

無論是在吧台後，還是在烤架前，他都駕輕就熟，跟顧客的互動也很輕鬆，不至於太熱絡。過分殷勤反而會讓客人不自在，特別是女性。卡拉馬塔是一間女客人坐在吧台，也會覺得很舒服的餐廳。有的女人喜歡被撩撥，有的未必。你得打量清楚，正確詮釋她們釋放的信號。跟客人打情罵俏，在任何情況下，都不是工作的一部分。廚師悶著頭，不理不睬，會被某些人覺得太過冷漠；但你太過熱情，也會有人覺得你逾越分際。這不是一個邏輯的問題，不是坐下來，找枝鉛筆、找張紙，就弄得明白。你需要直覺，還好他這方面很強。

他跟葛妲·米妮克租的房間，果眞跟他記憶中最舒服的住處一模一樣。幾年前，他曾經擁有一棟房子，一個客廳，前面有廚房，後面有兩間臥室，在小城邊緣，占地大約八分之一英畝。他忘了在哪座小城，房子的模樣倒還可以浮現腦海，他畫得出平面圖。不知道爲什麼，他總把阿肯色州史密斯堡想成背景。小小的短草坪、中間有棵紡錘型小樺樹，前屋主無力贖回，銀行很樂意用低價租給他，比帶家具的單間還便宜。仲介告訴他，租約中附有選項，可以讓他在年底優先承購，還不住的提醒他切勿錯失良機。他眞的不時盤算一下這種可能。挺好的，朝著自有獨棟住家，跨出第一步。儘管這房子的建築疑似偷工減料，地下室有些潮濕，不過，一個二廚總不會覺得家裡的廚房有用吧？

左右爲難。他離開那座城市、那個州的時候，租約還剩五個月。

住在米妮克太太家，他得爬兩段鋪著地毯的階梯，跟其他房客共用浴室。但是，房間寬敞、配置比例也很均衡，家具牢靠實用，還有面向北邊跟西邊的窗戶。

規矩也不少就是了。客廳有架電視機，但即便是他買部電視放在自己房間，晚間十一點到翌日早晨七點半之間，要麼保持靜音，要麼就得關起來。在這段時間裡，也不准聽廣播。無論日夜都不得大聲喧嘩。午夜至六點間，不能淋浴。無論性別，訪客不能待在房間。室內的任何地點都不得吸菸。不禁止酒精飲品，但嚴禁爛醉如泥。

他都無所謂。

她報給他租金。「你可以月付，也可以每週付一次，一個月四次。月付省點錢，除了二月，月付週付都一樣。」

他應該笑嗎？沒法分辨。她說這段話的時候，語調平板，就跟她交代什麼時候可以淋浴，什麼時候不行一樣。他本來想講幾句跟閏年有關的話，附和一下，但覺得還是閉嘴比較好。

四月還剩一個禮拜。他遞給她一週的租金，跟她說，五月起，他會月付。

他打開行李，把衣服放進五斗櫃的抽屜裡。櫃上鋪了條蕾絲桌巾，蓋住一個燙傷的疤，這是某個莽撞的傢伙用菸頭燒出來的。

行李中唯一讓人有點意外的是一個水杯。圓柱型的玻璃杯，邊緣有六個刻度，標記一至六盎司。這玩意兒什麼時候變成他的財產的？他也說不上來。不是他買的，想來不是任何人買的，甚至還不是個水杯，原本應該是做果凍的量杯。不管是誰，反正他做完最後一次果凍，覺得這容器挺好用的，丟掉可惜。很明顯的，他的想法也一樣，即便再匆忙、再怎麼胡亂收拾隨身物品，也會替這個水杯留個位置。

他把水杯放在桌巾上。坐在窗戶邊，直到夜幕低垂。他下去客廳，帶著毛巾跟盥洗包，沖了澡、刮鬍子，確認浴缸、臉盆跟他第一眼看到的時候一樣乾淨無瑕。回到房間，找個地方放他的刮鬍工具組、牙刷往六盎司的水杯裡一扔，米妮克太太給他準備的毛巾，掛回牆壁上的架子。換件T恤準備上床睡覺。

那天早上，打包的時候，他在腰間圍了一條錢袋，藏在衣服下面。他在淋浴的時候取下來，身子乾了，又圍了上去。他所有的現金都在裡面，除了放在皮夾子裡面的那兩百塊以外。錢袋該藏在哪裡呢？他看了看四周，決定明天早上再來決定。

他躺在床上，枕頭調到喜歡的位置。閉上眼睛，感覺睡意逐漸上湧，趕緊花最短的時間，想想自己到底在哪兒。以前練習過，他想，現在應該做得到。管他的，現在就來試試。

他在越溪的生活，逐漸固定成一種習慣。每週當班六天，在小餐館全職工作；最難的部分反而是打發休假日。天氣好的時候，他可以出門走到大老遠，或者去看場電影。下雨天，就沒理由離開住處，自然也沒理由離開房間。

每個禮拜總有個兩次，他下班之後，會在客廳電視機前打發一個小時。頂樓的另外兩個房客幾乎都在那裡。一個是老先生，老穿件條紋襯衫，鈕釦扣錯的次數比扣對的次數多得多。另外一個是退休老師，手上總拿本書，一進廣告就開始讀。米妮克太太每晚就看兩個節目：全國新聞與益智節目。在益智節目結束之後，整晚都不會出現。

他不怎麼看到跟他同樓層的房客，那人也從來沒有下來看電視。她肥得很病態，出入廁所還得撐兩支手杖。據他所知，這是她唯一會離開房間的時候。

他其實也不需要什麼消遣。他在餐館，從早上七點一直做到晚上七點。每週的工時很長，卻不是一路都忙。在早餐到午餐中間、從下午一直到五點，都沒什麼事情。就算在工作，他也駕輕就熟，樂在其中。

他想吃什麼，就做什麼，盡情享用。這也不壞。

整個五月，他還是每週支付房租。在最後一個週四，他結束餐廳的工作，走路回家，但過門沒入，持續往下一條街走去。那裡有間店，用編織繩結出「牧場主人」的店名。他走了進去，一股小酒館的熟悉味道，鑽進鼻端，隨後，來到吧台前，點了杯啤酒，喝了幾口，眼光隨即瞄向波本，買了中瓶的「老烏鴉」。酒保拿了他的錢，把酒放進褐色的紙袋子裡。

他拿回家，在五斗櫃抽屜裡，騰出個地方，也沒把酒從袋子裡拿出來，塞了進去。

第二天，他下班之後，直接回家。他需要淋浴，就沖了個澡，照了鏡子，覺得週四才刮過的鬍子，不刮也還撐得過一天。回到自己的房間，打開窗戶，讓微風吹進來，在床上躺了半小時。他差點睡著，不過，終究撐住，起身，著裝。

他有點懷疑，這老烏鴉（Old Crow）威士忌的名字到底打哪來的？酒標上有隻短小俐落的黑色小鳥，也琢磨不出什麼線索。他猜，Crow後面添個E，說不定是酒廠原本的名字。

在扭開酒蓋之前，他先把牙刷從杯子裡抽出來，找個地方放了，很精準的給自己倒了兩盎司，在敞開的窗戶邊坐下。有人推著割草機在整理草坪，距離不遠，他可以聞到新鮮的青草氣息。他緩緩的享受這股愉悅的味道，舉起杯子，深深的吸了老烏鴉的酒香，也很舒服。

他一口乾了，喜歡酒的味道、喜歡那種燒灼感。老烏鴉入口平順，但還是有些辛辣，讓你知道，你喝下去的液體，值得你適度尊重。

坐在那裡，看著窗外，聽著割草機的聲音，呼吸新割開的青草氣息。

或許，五分鐘以後吧？他走到客廳，進了浴室，把玻璃杯洗乾淨、擦乾。回到房間，杯子放回原位，牙刷放回去，再把酒瓶塞進五斗櫃的抽屜裡。

第二天傍晚，他回家、淋浴、刮了鬍子，又喝兩盎司的老烏鴉。接下來兩天，他都喝了相同分量的威士忌。

到了六月一號，他給葛妲．米妮克四週的房租。

「所以，從這個月開始，你決定要月付？」她說。

「比較合適。」

她若有所思的點點頭，臉上浮現一個跟微笑極端近似的表情。「也好，你就不用麻煩了。」她告訴他。

他還是每天把錢袋綁在腰間，儘管有兩天，他在就寢前，把腰帶卸下來，是早上才繫回去的。就在他一口氣付完整個月租金的當晚，他把錢袋藏在五斗櫃最下面的抽屜背後。

部分原因，他假設，因爲他找不到任何潛入房間的線索。除了固定的某一天，會有女孩進來換床單、留下乾淨的毛巾，順便把地吸一吸。他留下幾個小陷阱，想知道這個女孩會不會私自打開他的五斗櫃，但，她從沒逾越本分。

所以，一天到晚綁個錢袋在身上，看來是小心過頭了。那天他隨性下車，錢袋還很薄，現在卻越來越厚，越來越不舒服。替安迪・佩吉打工，當然發不了財，只是房租——不管是週付還是月付——不算多，更何況還免費供餐。他幫自己買了件襯衫，新添一雙皮鞋——本來，他就只有腳上的那雙。除此之外，他幾乎沒花一毛錢。

接下來兩天，下腰間突然沒有任何束縛，走起路來，很不習慣。但慢慢也適應了。

客廳裡放了幾本雜誌，他隨手翻起一年前的《時代》雜誌，找到一張訂閱明信片，附有滿意保證：如果你不喜歡這本雜誌，只要在收據上註明你「不喜歡」再寄回去就可以了。

他填好明信片，威廉・M・湯普森，三一八號，東大街，越溪，蒙大拿。他不知道郵遞區號，又找來另外一本雜誌，把上面的郵遞區號寫在明信片上。

寄出之後，他也忘了。

房客的信件總是堆在玄關前的櫻桃木茶几上。有一天傍晚，桌上多了本《時代》，是他訂的。他把雜誌拿上樓，喝那兩盎司老烏鴉的時候，翻了幾頁，隨手扔在床邊的小桌上。

幾天之後，帳單來了。他把它跟雜誌放在一起，兩週之後，他又收到兩期《時代》，還有別種雜誌的廣告信——像是《運動畫刊》——幾家慈善勸募，包括一家提供負傷軍人醫療狗的組織。

第二天休假，他跑去越溪公共圖書館。他曾經路過這裡，但這次是來申請圖書證的。他用的證件是：房租收據、一本《時代》雜誌和幾封寄給他的郵件。他原本以為要等上一兩天才能拿到證，沒想到圖書館員當場就把證交給了他。

「我眞不知道你的名字。」她說，「但是我是認識你的，湯普森先生。」

「喔？」

「在餐館裡啊。你從來沒注意我。我總是坐在後面的卡座裡，一般都把臉埋在書裡。」

「下一次。」他說，「請來吧台坐。」

他挑到一本書，借出來看。《金色鐵道釘》，描述美洲橫貫鐵路的興建歷程。她幫他辦妥出借手續，跟他講，如果他在接下來的那個月裡看不完的話，要記得回來續借，否則會有罰款，儘管並不多，但沒必要的話，何必破費？

他回到家，把隨身帶著的垃圾郵件扔掉，把一期《時代》雜誌擱在一疊書籍上面，隨後在收據上寫了「取消」，第二天寄出去。

這書挺有意思的。他當然覺得它不難看，否則也不會從書架取下來，只是他沒料到這故事竟然如此引人入勝。接連五個晚上，他都盯著這本書看，細啜那兩盎司的波本威士忌，沿著聯合太平洋鐵路的興建，一路延伸，從歐馬哈放下第一塊枕木，到猶他州普羅蒙特里峰打進那永誌不渝的金色鐵道釘。

第二天，中午略過幾分鐘，他正在卡拉馬塔的爐前忙活，圖書館員在門口頓了一會兒。他閃過歡迎的微笑，指著吧台前的高腳木凳。

「喔。」她說，「我的腰喜歡有些支撐。原來木凳也是有靠背的，是不是？我以前都沒注意。」

今天的特餐，他跟她說，是蔬菜燉牛肉。「我的獨家秘方。」他說。她說，既然如此，她願意嘗試看看。

現在是餐廳最忙的時候，他既要料理食物，還要服侍客人，但是取走她餐碗、替她上咖啡的時候，兩人還是簡單的聊了幾句。在他把咖啡杯放妥之後，她說，「謝謝你，湯普森先生。」他跟她說，請叫他比爾。這讓她有機會跟他說她的名字是卡蓮妮·威頓，請叫她卡蓮妮。

「卡蓮妮。」他說。

第二天是週四，他的休假日。他起身、淋浴，儘管前一天才剛刮過鬍子，但還是又刮了一遍，出門的時候，把那本《金色鐵道釘》夾在腋下。他昨晚熬夜讀完了。

卡蓮妮坐在櫃臺後接電話，讓他有機會仔細觀察對方，而不至於引起卡蓮妮的注意。

她的頭髮是淺褐色的，貼著頭顱薄薄的一層，在沿海的大城市，無論東西兩岸，她都會被當成是同性戀。但他知道她不是。

她的臉是心型的，五官平凡，並無特色。眼睛大大的，眼珠是蒼白的淺藍。她穿一條筆挺的牛仔褲、紅白格子襯衫，身體不胖不瘦。手指上沒有戒指，也沒有戴過的痕跡。從她的模樣來看，幾乎可以確認她是一個剛過三十的輕熟女，孤單就是生活的一切。

他們兩人，他想，是完全不登對的組合。他開始分析自己的想法，不明白它是要領他到哪裡去？就在這個時候，她掛下聽筒，笑意堆滿在一對眼睛裡。

「喜歡《金色鐵道釘》嗎——」

「非常喜歡。」

「這本書寫的是鐵路建設的概況嗎？還是講述聯合太平洋鐵路對於國家發展的貢獻，是一本歷史書？不管是哪一種，我都可以推薦你一兩本相關著作。」

答案很直接。「歷史書。我現在能真正感受到這國家過去的風貌以及古人看世界的角度。」

她對書還真是瞭若指掌。「這本書的背景要再往東邊一些，時間是橫貫鐵路這個想法成形之前的幾年。」書名叫做《諸水聯姻》，說的是伊利運河興建的歷程。他隨意翻了幾頁，讀了兩段，他知道他會想多看一些。

他遞給她借書證，她辦好借閱手續，邀請他四處看看。也許他會找到其他喜歡的書。喔，請問他能多借幾本書嗎？她保證可以。最多可以借五本，她說。

他真的隨意逛逛，不時從書架取書下來，翻個幾頁，又放回去。他想一次借一本書就夠了，他上次來圖書館也只有一個目的——申請借書證。

在圖書館的另外一頭，有一張橡木桌，上面有四部電腦，其中兩部有人在用。告示解釋說：使用電腦不用錢，但有半小時的限制，下載的文件可以列印，每張兩毛五分錢。

他站在那裡好一會兒，然後搖搖頭，轉身就走。何必破壞美好的一天？

他轉回圖書館員櫃臺的時候，她在電腦前忙得正起勁，不過還是抬起頭，看他走過來。「我找到一大堆關於伊利運河的書籍。」他說，「不過我還是有個問題。」

「這是我工作的一部分，不是嗎？回答問題。」

「我到現在還沒弄明白的問題是，」他說，「休假的時候究竟應該上哪吃飯？我可以回安迪那裡，但是——」

「那就沒有休假的感覺了。」

「一回那裡，」他說，「我就覺得我得穿上圍裙，自己做菜，吃完後還得洗盤子。我想一週能有一天，坐在別的餐廳裡，餐桌上鋪著白色的桌巾，讓別人來服侍我。」

她介紹了三家餐廳，只有一家在越溪本地。她特別喜歡的一家叫做康尼斯托嘉客棧，在越溪與伯漢之間。他說，聽起來很不壞。

「走路應該走不到。」他說。

「對，是有點距離。大概有二十哩，就算不到，也差不了多少。你沒有車嗎？」

「也沒有駕照。在上個地方沒車，我照樣過得很好。我的前一部車傳動系統壞了，我就報廢了。駕照過期，也懶得去更新，或者重新申請一張。」

她點點頭，暗自沉思。

「我在想的是，」他說，「康尼斯托嘉客棧應該是滿值得造訪的，就是有兩個問題：第一，太遠了，走不到；其次，聽起來這家餐廳是個好地方，一個男人單獨用餐也可惜了。」

她又開始思考別的事情。

「如果妳能提供運輸工具，」他繼續，「我會很榮幸的請您共進晚餐。倒不是跟您開玩笑，我覺得這是我們共同分攤的責任。」

侍者過來點飲料。她要一杯健怡可樂，他說，他也一樣。

他問起她的名字，她說，「如果我不是女的，那麼，我就會叫做小卡爾。那時他們非常確定我是個男孩子。那個印地安老婆婆的預測，從來沒出過錯。」

「然後妳就呱呱墜地了。」

「我應該叫做卡拉，但是我媽不知道怎麼冒出卡蓮妮這個名字。有個歌手叫做卡蓮妮．卡特。還有一個鄉村歌手，唱過一首『卡蓮妮』的歌，講一個高中女生的故事。這首歌紅極一時，不過，現在不怎麼聽得到了。在我這三十四歲的人生裡，還沒有碰到另外一個叫做卡蓮妮的人。」

「這些年來，」他說，「我倒是一天到晚碰到這個比爾，那個比爾。」

「我猜，你的全名要比我的名字普通太多了。比爾．湯普森。比眞正的菜市場名，比約翰．史密斯略遜一籌，但也差不了多少了。」

「我是可以改名叫卡蓮妮，只是大家看我的眼光可能會怪怪的。妳的父母——？」

她搖搖頭。「二年級的時候，我爸落跑了。從此音訊全無，隻字片語，什麼都沒有。他人在哪裡，我毫無線索，是死是活，也不知道。我媽死了，嗯，八年前？算一算，快九年了。十一月就滿九年了。你有沒有兄弟姊妹？」

各一個，早就沒有聯絡了。在這種對話中，有需要扯這麼多嗎？

「沒有。」他說。

「我也沒有。我以前覺得有兄弟姊妹很好，但也有人說獨生孩子比較容易學會獨立。」

「那麼妳呢？」

「獨立嗎？」她想了想，「我想是吧。我料理自己的生活沒什麼問題。我父親不告而別、我母親過世、我的婚姻失敗，我都可以處理得好好的。」

「妳結過婚？」

「離婚的時間比結婚還長。結婚兩年，離婚到現在都三年了。這麼說很奇怪，是吧？婚姻失敗跟企業經營倒閉一樣，都是入不敷出，差別是你沒法用帳本數字來解釋。你結過婚嗎？」

他搖搖頭。「有一兩次差一點點就結了。」

「我也差一點能全身而退，卻錯過了打退堂鼓的機會。牧師說：有誰反對這樁婚事，你知道的，就立刻抗議，否則請別開尊口。我眞希望當時有人站出來反對。我媽始終不喜歡他，但是她得從墳墓裡跳出來，大家才能聽得到她的獨排衆議。結果，沒人吭聲。事實上呢，現場根本沒幾個人，就是牧師、他太太、兩個住在隔壁，被拉來當見證的鄰居。我眞不知道我爲什麼要這麼嘮叨？老跟你扯沒人想聽的陳年往事。」

「不會啊，我很感興趣。」

「我還住在我從小長大的房子裡，從沒搬出去過。媽媽死了，房子就是我的了。他搬了進來，兩年後又搬了出去。」

「而妳還住在那兒。」

「而我還住在那兒。生在越溪，也可能死在越溪。有的時候覺得難過，還有這樣多我沒經歷過的風景；但有的時候又覺得，這是最適合我的生活。」

「安迪說，他不介意去巴黎，但下一句話又說，他這輩子絕不會去。」

「也許每個人都需要一個永遠不會去的地方。對我來說，大概就是倫敦吧。你有沒有讀過一本書，《查令十字路八十四號》？全都是來往的書信。一個住紐約的女生寄給倫敦的書店老闆。我忘記她是幹什麼的了，作家、編輯，還是什麼的，其實，她的職業若是圖書館員，說不定更合適一些。」

「還住在蒙大拿？」

「哪都成。他們倆通信二十年，她全世界最想去的地方，就是那家書店，看看那個男人。等到她終於成行，書店關門了，那人也死了。」

「又是一個快樂的結局。」

「生命中少得了造化弄人？不說了，倫敦是我絕對不會去的地方。你呢？」

家，他想。

但他嘴上卻說，「我不知道，也許是夏威夷吧。」

回家的路上，他們倆沒講話。沉默，卻不尷尬，沒人硬扯什麼話題。她是一個很小心的駕駛，眼睛緊盯路況，他注視著她，打發時間，心思卻偏到另外一個線道去了：想找個合適口氣，跟她說，想看看她的住處，卻沒法若無其事，自自然然的表達。或許，他可以隨便說點什麼，跟她房子有關的事情，也許可以製造一個機會，讓她主動提問，要不要上她那裡坐坐。

坐在前座，打量她，他暗自尋思：不知她的內心深處，是不是也有同樣的掙扎，期盼他的邀約？擔心自己會拒絕，擔心自己會接受。

兩個小時前，她在米妮克太太家前面，讓他上車，現在，她在同一個地方踩下煞車。他有種衝動，想請她進去，純粹想要違反規定。但他只說，「好啦，我在這裡下車。」

「今天晚上很愉快，比爾。」

「是嗎？我知道我很開心。也許我們可以——」

「再出來吃個飯？好主意。」

「妳要不要看電影？吃晚飯，看場電影，在某個晚上。」

「我喜歡。」她說，手放在他的手背上。這是親她的好時機嗎？也許，如果他們站在門前，而不是在福特護衛者（Escort）前座。

他走過客廳，視而不見，爬樓梯回房間。他準備上床睡覺，卻想到自己還沒小酌一杯。在她來接他之前，他沒喝，不希望呼吸裡有酒的味道。更何況，他以爲他會在餐廳裡點杯酒，沒想到她要健怡可樂，他也跟著點了一杯。

管他的呢。他刷過牙，都已經躺在床上了。他關上燈，隨思緒漂浮。

下一次約會，在三個晚上以後。他當完班，回家洗了澡、刮好鬍子。這一次在她抵達前，他喝了一點酒。他們在越溪挑了一家餐館，她曾經描述過的，女侍叫得出她的名字。

「她是我高中學妹，小我一個年級。畢業那年懷孕。」卡蓮妮皺著眉頭解釋。「都這些年了，雞毛蒜皮的小事。高中生活就是麻煩，是不是？」

「是不容易熬。」

她問起他的高中歲月，那幾年是什麼樣子？事實上，他幾乎不記得了。他說，坦白講，每個人的那段年紀，都過得很尷尬。

「就算不尷尬，也夠辛苦的了。」她說，「我讀過一些資料，不要問我在哪裡——」

「可能是圖書館吧。」

「你這麼想嗎？有一個追蹤研究顯示，高中這三年感覺起來跟十年一樣難熬。一般的孩子也有類似的說法，說他們會覺得害羞、覺得孤立，渴望進到人生的下一個階段。你知道那些很酷的孩子，運動員啦、班長啦、選美皇后啦，他們怎麼說？」

「怎麼說？」

「他們的感受也一樣！他們眼前明明還有大段的美好歲月，卻跟我們一樣悲慘。」

餐廳裝潢得體，挑高天花板，輔以頂冠式裝飾，桌子與桌子之間的距離也很寬敞。他們一致覺得這裡的食物比安迪那兒精緻多了。

只是兩人並未明言。從餐廳步向電影院的同時，她倒是分享了她的觀察。「食材的確新鮮，」他回應道，「擺盤也很漂亮。更別提氣氛了，跟我們那家一比，簡直天差地別。只是說，不管這菜是誰做的，他還欠幾樣功夫得學、幾個觀念要拋掉。」

「你想在這種餐廳工作嗎？」

「我有一兩次在時尚餐廳工作的經驗。首先，這種餐廳一定坐落在大城市的高級地段，其次，廚房裡有整個團隊分工。我通常是打下手的低階師傅，但就算是我步步高升，我想我也不會喜歡。在卡拉馬塔這樣的餐廳裡打工，我還比較開心，因爲不會有人因爲不喜歡瓶塞的味道，就退掉整瓶紅酒。」

「安迪那兒沒供應紅酒吧，是不？」

「這不就對了嗎？」他說，「根本沒得點，是要怎麼退呢？」

週間夜晚，小戲院裡，三分之二的座位是空的。電影的男主角是傑夫．布里吉，演一個曾經風光一時的鄉村歌手，女主角覺得她可以把他從苦海中拉出來。但他坐在位子上，卻在銀幕上看到自己跟卡蓮妮，演著他們的故事。

二十分鐘後，他伸手握住她的手。

電影跑完字幕，他還沒放開。

外頭的空氣不像蒙大拿，反倒像是墨西哥灣，濕潤、悶熱。他們朝她的車子走去，評論剛剛看的電影，隨後陷入沉默。在車邊，她轉身，嘆了口氣，肩膀垂了下來。

他說，「送我回家前，我想看看妳住的地方。」

她轉身，開門坐進駕駛座。她住在小鎮的邊緣，一路上，兩人都沒開口。她把車子停進車道，帶他到前門，用鑰匙開了門。

直到她把大門關上，他才擁抱她，深吻良久。她說，「我的天啊。」牽著他的手，引領他進到屋子後方的臥室。

雙人床整理得乾乾淨淨，花紋被罩，流蘇床罩。她把床罩扯下來，隨它落到地板上。她深情的看著他，臉上微微潮紅，深吸一口氣，脫掉身上的衣服。她給他一點時間打量自己，隨後轉身，讓他解開胸罩。

她小睡一會兒，他溜下床，穿上衣服。他的手一握住門把，她就說，「等等。」

「我還是回家比較好。」他說。

「總要有人開車送你吧？」

他說，走回去也無所謂。起碼要半小時，她說，說不定要更久。而且他知道怎麼走嗎？她準備起身，他伸手按住她的肩膀，制止她。

「沒問題。」他說，「睡一會兒，明天早上我們再聊。」

這一路是怎麼開回她家的，他其實也沒留意，幸好轉彎處不多，他的方向感也不差。他隨著直覺走了五或十五分鐘，遇到一條他熟悉的街道，隨後的路程，沒有任何問題，順利回到米妮克太太家。

花時間回想溫暖、甜蜜與激情，在仲夏夜間、在濕熱的空氣裡，散步回家，記憶是最好的同伴。

一個想法突然衝進他的腦海：他或許可以永遠留在這裡？他仔細分辨這句話的意義。定居在這裡？就這麼幾條街？走路上下班？在這個小城？跟這個女人？

上樓，躺在自己的床上，他琢磨自己要花多少時間，才能把他在這世上擁有的物品，收進隨身行李中。在他離開長途巴士之後，他增添了兩樣東西。都裝得下嗎？

好奇妙的考慮，他不曾覺得這樣愉快過。「你想要的一切，」他想。在這世上，還有比得到你想要的一切，更危險的事情嗎？

急匆匆的嚥下早餐，他立刻打電話到圖書館。只是簡短的交談，卻確認彼此對於昨天晚上發生的事情，並不感到後悔，還期待更多相聚。他建議明晚共進晚餐，她說，她會開車來接他。

他在門口等她，車子一停穩，他就鑽了進去。她問他想去哪裡吃晚餐？一個念頭阻擋了他的回答，兩人沒講話。不過這沉默倒不難堪。

過了好一會兒，她開口：「你餓不餓？」

「不怎麼。」

她等他繫好安全帶，隨後開上車道。過了兩三條街，兩人都沒吭聲，然後她突然說：「我現在最想吃的，就是你的老二。」

說這句話的時候，她的目光直勾勾的往前，盯著路況，兩隻手穩穩的握住方向盤。

他伸手按住了她的一隻手。

「我講得太大聲了，是不是？」

「或者，是我突然恢復聽覺了。」

「這不像我。」她說，「我平常不敢講這樣的話。」

「我不是專家，但是，這句子就我聽來，完美極了。文法上沒有半點錯誤。」

「『她是個婊子，庭上，但她的英文講得不壞。』你知道，我是說眞的。」

「也許吧。」他說，「但是，等會兒，妳可能需要吃個三明治。」

她突然笑了起來，意味深長。「你這話說得對，比爾。眞實極了。比爾？」

「怎麼了？」

「我做我自己，沒關係吧？是不是？」

在床上，新鮮感不曾消退，焦慮消失，無影無蹤。他發現她對於愛情果決而主動，敢愛敢恨。事後，一如他的預測，她的食慾又回來了。她告訴他躺在床上別動。他閉上眼睛，很快的就睡著了，等到他醒來，發現她端來兩個盤子的炒蛋、香腸跟培根。

「全日供應早餐。」她說。「比不上你每天早上的料理那樣美味。我不敢奢望。」

他保證，食物絲毫不遜色，無須致歉。

他們回到床上，依偎在一起，有一搭沒一搭的聊著喜歡的事情。好久沒有這樣了，她告訴他。他也說，上一次是遙遠的往事了。他還回答她問不出口的難題，在抵達蒙大拿之後，他並沒有跟任何人約會。

「神、責任。」她說，「代表我的州。你知道我們的口號嗎？」

他不知道。

「『Oro y plata』，很棒吧，『金銀遍地』。鼓勵移民在這裡落地生根，效果馬馬虎虎。我只是覺得講到自己的州，只能拿地裡面挖得出來的東西說嘴，實在有點蠢。比爾，我做得到嗎？」

「什麼做不做得到？」

「你知道的，我在結婚前，整日無所事事，結婚，對我也沒什麼意義。」

離婚之後，她告訴他，她空虛了好一陣子，隨後跟一個已婚男人短短的在一起過。她喜歡他已婚，每週只消見上一兩面，她就只想要這樣的露水姻緣。對於這起婚外情，他始終無法擺脫罪惡感。有一次他又不斷叨唸他們兩個不該在一起，她立刻附和，說兩人應該分手。

「他嚇壞了，」她說，「雖然他極力掩飾。他覺得我應該安慰他，減輕他的痛苦，但我覺得一旦分手，他反而解脫了。至少我整個人都輕鬆了起來。」

然後有個奧瑞岡州尤金來的業務員，路過此地，向圖書館方推銷軟體。他帶她出去晚餐、上床。她覺得還滿愉快的，但也不期待再次相遇。

她並沒預料到，過了一兩個月，一個傢伙走進圖書館，停在她前面，不是推銷電腦軟體，也沒要賣什麼東西的意思，反而跟她說，艾德・卡爾麥可說，他應該來看看她，打聲招呼。她說，謝謝艾德的好意，那人便說，他當晚應該是被困在越溪了，剛剛訂了一間汽車旅館，不知道有沒有好一點的餐廳可以吃晚飯？比方說，哪裡可以吃到還不壞的牛排？能不能讓他用餐的時候有個伴？

她真的陪他吃了頓晚飯，還破天荒的喝了兩杯酒，跟他一起回汽車旅館。事後，他還算有紳士風度，穿好衣服，開車送她回圖書館取車。她開車回家，在蓮蓬頭下面站了比平常更久的時間。她不覺得特別髒，嚴格說起來，但她也不覺得全然乾淨。

一週之後，有人打電話到圖書館來。他是艾德的朋友，也許是艾德朋友的朋友。她想盡辦法，才忘掉這個人的名字。他當時也在城裡，艾德，或是艾德的朋友，曾經提起一次讓人欲仙欲死的牛排饗宴，卻沒人知道餐廳的名字。他想知道那天晚上她有沒有空，能不能——

「我眞不知道當時是怎麼想的。但是我跟他說，他的朋友把世上最嚴重的淋病傳染給我了，如果他眞的有興趣，我倒不介意把淋病再傳染給他。我不知道他說了什麼，在說完這句話之後，我就把電話掛掉了。」

「他說不定還是會設法想出點什麼藉口。」

「我只知道，」她說，「我不想變成那種女孩。那種你被困在蒙大拿越溪，只消打通電話給她，請她吃頓牛排，喝兩杯酒，然後……你就可以離開。這女孩可能沒什麼錯，說不定她跟隔壁蒐集喜姆娃娃、跟隔壁的隔壁那個援助流浪貓的女孩一樣開心，但我知道，我不想成爲那種女孩。」

「然後我就來了。」他說，「被困在越溪，蒙大拿。」

「你就來了。」她同意，按住他的手，好像要證明他的存在。「我第一次見到你的時候，我想，你會跟女侍在一起。」

「誰？海倫？我想我應該不會——」

海倫是安迪的姑媽，丈夫死了以後，在餐廳裡當女侍。卡蓮妮轉轉眼睛，「我想的是另外一個。」

「我猜妳說的是法藍希，她不是我的菜。在餐廳裡跟女侍鬼混，簡直是自找麻煩。」

「我覺得你是對的，你還是跟圖書館員鬼混比較好。」

而且，法藍希已經名花有主了。他站在爐台前的時間夠久，很知道女侍跟老闆上床會有什麼線索。從他第一次發現兩個人的眼光一接觸，就會故意飄開開始，他東拼西湊，早琢磨出是怎麼一回事了。

他沒聲張，也沒有露出他已然看破的表情。一晃眼，他來卡拉馬塔也好幾個月了。一個晚上，他跟安迪把桌椅收一收，準備打烊。店裡就他們兩個人，安迪好像有話要跟他說。

他幾乎要跟卡蓮妮吐露了。但還是覺得不要比較好。

週末之前，安迪遞給他信封的時候，表情有些異樣。不是微笑，但也差不多。他揚了揚眉毛，安迪的微笑咧開了。

「最好檢查一下。」他說，「我怎麼覺得比平常重？」

他數了數，的確是比平常重了二十五美元。也就在他的房租改採月付的同時，安迪替他加薪，還跟他解釋說，這是一點表達感謝的心意。他再三保證，這麼點錢跟他的貢獻完全不成比例。

這是第二次加薪了。「很大方。」他告訴他的老闆，「謝謝你。」

「你很適合這個地方。比爾。燉牛肉是你的點子、你的配方。本來是當做特餐，推出之後，卻是佳評如潮，現在已經放進我們的固定菜單。顧客喜歡，道理不難明白。」

「現在的味道好多了。因為我們試出最合適的辣椒粉。」

「也許是吧。但這道菜一推出，味道就很好了。還有大黃派。你不但想到了，還能說服派克希爾太太替我們代工。」

希兒妲．派克希爾太太是個瘦到見骨的寡婦，每天送兩個派到餐館。一個總是胡桃派，另外一個一般是蘋果派。

「我只是跟她講，我好想念我媽做的大黃派。」

「她現在一天賣我們兩個派，隔天賣我們三個。她多掙錢，我們也比平常多賣一些派。你知道還有什麼好處嗎？講到大黃派，有件特別有意思的事情，我猜你大概心裡有數。」

「一般人還會加點一球冰淇淋。」

「八九不離十。就算是他們偶爾忘記，我們也可以建議他們說：『您要不要搭配一球香草冰淇淋？』他們總是說好。」

「是啊，尤其是大黃塔，搭配冰淇淋最適合不過了。」

「從食物的觀點很搭配，就生意的觀點來看，也很上算。我能問你一個問題嗎？」

「請說。」

「你媽眞的會做大黃派嗎？我想是你瞎扯吧？比爾。這次的加薪是爲了燉牛肉，也是爲了大黃派加一球香草冰淇淋。如果你能把全越溪的人都餵得肥肥的，那我們就再開個肥胖監視俱樂部。吃進去也賺，逼出來也賺。」

週三，他第一次在卡蓮妮家過夜。她每次都問要不要開車送他回家，絕大多數他都選擇散步，但有的時候因爲天氣、有的時候他身體眞的乏了，他會請她送一下。這一次，卡蓮妮提醒他，既然他明早沒有要去哪裡，爲什麼不留下來？他說，他也這麼想。

他聽到鬧鐘在響，決定再睡幾分鐘。等他第二次醒來，已經十點了，廚房餐桌上有張紙條，壺裡有新煮好的咖啡，早餐請自理。

但他只想喝咖啡，還喝了兩杯，坐在廚房餐桌前，既覺得待在家裡，又覺得置身異地。他想像自己穿過房間，打開五斗櫃，察看了一下衣物。但他其實並沒有離開廚房。

他清空咖啡壺，把零件拆開來洗乾淨，把自己的杯子也洗了。

他步行回家。半路改變心意，朝圖書館走去。距離不算近，所以她總是開車上班。在路上，他決定現在是該更進一步的時候了，在蒙大拿申請一張駕照。他在這裡有份好工作、有一個女朋友，可以考慮給自己買部車了。

見到他走進圖書館，她頓時容光煥發；而他喜歡他出現所引起的某種反應。她很快的收斂起驚喜，稱呼他湯普森先生。他經過櫃臺，她壓低聲音，跟他說，他睡得太甜了，實在不忍心叫醒他。

他轉身找書，在電腦工作站附近放慢了腳步。四部電腦只有一部在使用，一個年輕的媽媽在上醫學網站，他挑了斜對角的位子坐下，按了幾個鍵。茫茫網路世界，他只認識GOOGLE，先去那裡，再看它要帶你到什麼地方。這是他唯一知道的途徑。

他搜尋「威廉・傑克森」，找到了幾百萬個連結，決定再把範圍縮小點——鍵入「威廉・傑克森/加爾布雷斯 北達科達州」。第一個跳出來的是海軍少將，威廉・傑克森・加爾布雷斯，一九零六年九月十五日誕生於田納西州諾克斯維爾。他當然可以繼續讀下去，弄清楚這個人跟北達科達州有什麼關聯，但是對於這個人，他已經知道太多資訊了。

這比他想得要複雜。

他又研究了一會兒，慢慢的掌握訣竅。在北達科達州，跟加爾布雷斯規模差不多的城市是法爾戈與大福克斯。當初他就是先從加爾布雷斯到法爾戈，然後才到越溪來的。加爾布雷斯沒有報社，但是，法爾戈跟大福克斯都有，在加爾布雷斯也都有訂戶。兩家報社都有網站——說眞的，就連越溪公共圖書館都有官網——於是他上去看看《大福克斯先鋒報》與《法爾戈論壇報》上有什麼消息。

不多。你當然可以搜尋，但是，得到的結果遠遠不及到他們的辦公室，一天一天的翻過去的報紙。

他追憶日期，登上巴士那天。輸入之後，依舊沒有什麼訊息。你以爲電腦會顯示當天的報紙，其實不然，上面的訊息含量跟海軍少將W. J. 加爾布雷斯一九零六年誕生於……納許維爾？不，諾克斯維爾，差不了多少。知道這個人的生平會讓他的人生更豐富嗎？

如果他有點概念，事情也不會這樣難辦了。但他非得自己處理不可，不能找人幫忙。我想要知道四月二十四號，在北達科達州加爾布雷斯，有沒有發生謀殺案？還想知道他們知不知道凶手是誰，會不會跟一個姓傑克森的人有牽扯？

別了吧。

「北達科達州凶手」。

這個關鍵詞好多了。更好的是他還加上了年份，搜尋起來應該精確得多。

他把頁面捲動了一下，點了幾個連結，很快的掃瞄一下，又回到主頁面。沒找到什麼跟加爾布雷斯有關的訊息，也沒有找到一個叫做威廉・傑克森的人。

他想起在加爾布雷斯的最後一個早上。突然醒來，意識就這麼墜進腦海。他四肢攤開，臉孔埋進床墊，還穿著衣服，甚至鞋子。

他的衣服破了，袖口磨損。

手掌有抓痕。

十或十二小時流逝。身體有些部分還沉醉夢鄉，或者也可以說，他仍停留在某種無意識的狀態。他記得的最後一件事情——

最後一件事情是走進酒吧。他已經去過兩家了。第一家是凱爾西，那段日子，他經常去那邊小飲幾杯，極少缺席。第二家是藍狗，只有在凱爾西還是沒法紓解緊張的時候，他才偶爾造訪。他待在加爾布雷斯的期間裡，總共也不過去了四五次，但每次都要喝過頭，才肯離開。有一次，還被店家請出門。但不管他做了什麼事情，想來也沒出格，因爲下次他再去，依舊受到歡迎。

每一次，他都會喝到翌日宿醉，傍晚之前，記憶力像瑞士起士一樣，可以輕易的鑽個洞——回家、開門、脫衣服、撲上床。這些事情他都做過，也隱約回想得起來。但記憶千瘡百孔，隨著焦點的轉移，還會不斷變形。

但是最後一次，他離開藍狗的時候，腦筋可是清楚得很。

沒人叫他離開，要走也是他自願走的。但他完全不想回家。隔條街有間酒吧，他經過幾十次了，從來也沒有進去過。格調不高，他總是這樣想，有點陰森。

酒吧到底叫什麼名字？一個女人的名字。瑪姫，瑪姫的什麼來著。

找個時間進去看看。他記得這個句子好像掠過他的心頭。

此外，他還記得什麼？

少得可憐。打開門，一股味道撲面而來。某種菸味，裹在打翻的啤酒與洗過太多次的舊襯衫異味裡面。這味道離好聞差到十萬八千里，噁心得緊，但是，卻暗藏著某種安撫的能力，擁抱著他，往裡面拖。你屬於這裡，好像跟他這樣保證。快點進來，你回家了。

酒保是一個高高的金髮女子，一張嚴峻的臉，穿件粉紅色襯衫，釦子全部打開，露出裡面的黑色蕾絲胸罩。

「瑪姬的轉彎」——就是那個地方的名字。她叫瑪姬嗎？也許吧，也許不是。瑪姬也許賭輸了這個酒吧，也許把它賣了，跑去育空（譯註：Yukon，在加拿大極西處）去探勘礦脈，或者去易柏（譯註：Ybor，在佛羅里達州坦帕灣）詐騙去了。也有可能店名是某首歌名，搖滾或鄉村。

他不記得他點了酒，但他一定點了，因爲他記得她倒酒的動作，記得他舉起杯，記得酒杯接觸嘴唇的感覺。

但是記憶在這裡突然中斷，下一幕，就是他倏地驚醒，像是轉到一個音量被調到最高的廣播頻道。完全清醒，還是穿著衣服、還是套著鞋子，心裡明白某件很糟糕的事情，已然發生。

沒想到也沒糟到哪裡去。至少沒嚴重到會上報紙頭條、讓威廉·傑克森成爲通緝要犯。

他的襯衫被撕破，兩顆釦子不見了。最簡單的解釋當然是他在酒吧裡跟人衝突，但未必是拳打腳踢的後果。推擠糾纏，一手揪住胸前襯衫，狠拉狠扯，也可能撕裂衣料，崩掉兩顆釦子。

手上的抓痕。

他看著抓痕，想像這雙手扼在女人喉嚨上。她的手比較小，抓著他的手背，直到最後一絲力量耗盡。

沒有記憶，腦海一片空白。這是他的想像嗎？是根據眼前的證據，編造出來的解釋嗎？

他的手上一天到晚都有各種細小的傷口，幾乎沒有清爽過。他靠手過活，每天抓這個，拉那個，不時得拿起很燙的鍋鏟，或者一手抵著，一手刮東刮西。他只知道手腕、手背上的抓痕，在他進凱爾西之前，就已經有了，踏進瑪姬的轉彎，隔了更久時間，早就不怎麼醒目，引不了任何人注意。

直到他帶著殘破的記憶醒來，恐懼注入腦海的罅隙爲止。

幾條傷痕實在不能證實他的皮膚曾經被某人的指甲抓過。他把人扼死，怎麼會在網路上激不起任何漣漪，找不到任何線索？

有沒有辦法清掉這部電腦上的搜尋記錄？一定有，只是他不知道怎麼辦。不重要。他登出，站起來。

是該繼續過日子的時候了。

那天下午，他塡了表格，出示他越蒐集越多的各式證件，申請蒙大拿州駕照。辦事員認定他一定持有別州駕照，告訴他，如果他有的話，就不必路考了。他解釋說，他的駕照過期已久，早不知道扔到哪裡去了。他約好了路考的時間。

還有筆試。他們給了他本小冊子，讓他複習。他瞄了小冊子一眼，發現他可以現場立馬考試。一個範例問題是：對或錯，在三線道的高速公路上，中間的那一線停車專用。

他約第二天下午三點鐘考試，卡拉馬塔最清閒的時間。路考必須自備車輛，得有人送你到現場，因爲考生並沒有駕照。他不想要麻煩卡蓮妮，免得耽擱她工作。安迪得顧店，他們倆總要留個人烤漢堡。

「你可以開我的豐田。」安迪說，「法藍希載你去，再把你帶回來。今晚打烊之後，你跟我開車出去遛遛，熟悉一下那部車。每種車子的設計，都有一點不一樣，燈啦、雨刷之類的，你總不能用一部你從來沒開過的車子去路考吧。」

安迪坐在他身邊，指引他在越溪的大小街道穿梭，轉上州郡道路。「不會有問題的。」安迪跟他保證，「就像是游泳或者騎自行車，記憶早就植入你的肌肉，忘不了的。睡著了也一樣開。」

「有的人還眞能邊睡邊開。」

「天啊，你以爲你在開玩笑嗎？」安迪說，講起上次他開車眞的睡著的往事。「飄離道路，先撞上交通標誌，再撞上電話線杆，順著斜坡才停下來。還好我的速度不快，更萬幸的是：我失控的方向是右邊，如果是左邊，那就是往北去威勒的二線道，直接衝上逆向道，後果不堪設想。世事難料啊，是不是？」

時間差不多了，安迪扔給他一串鑰匙，法藍希把圍裙掛在勾子上。一上車，她就問他緊不緊張？他說不緊張。「要我可不行。」她說，「一跟我說考試，我就不由自主的緊張起來。你有看到什麼中意的車子嗎？比爾。」

「還沒。」

「安迪一直想換一部貨卡。你如果想要，他應該會用比較好的價格，把這部車讓給你。」

他說，這個提議滿值得考慮的。他把車停在申請駕照的建築前面，先去考筆試。考完，有個女士核對他的答案，恭喜他滿分過關。「謝謝，我昨天苦讀一晚。」他說。忍不住問她有沒有人沒考過，換來一個白眼。

「你一定會很意外。」她說。

他回到車上。法藍希載他到舉行路考的十字路口。那裡已經支好了一把折疊椅，她一屁股坐了下來。一個瘦得跟竹竿一樣、身穿卡其制服的考官，命令他開上道路，直直開到外側車道，倒車，再往前開，完成一個三點掉頭，主要的目的是證實他知道汽車跟裁縫機是兩種不同的機器。

「喔，這樣就夠了。」那人說，「大部分的人都可以通過。一般的小朋友到這裡考試之前，在鄉下路上就已經開了很久的車，也不會有什麼問題。從保留區來的人，不需要蒙大拿駕照，在他們自己的土地上，愛怎麼開怎麼開。假設他們要開到世上別的地方，只要他們別喝得爛醉如泥，也不成問題。你還別說，真有人沒考過。你通過了，威廉・T・湯普森先生。大家都叫你比爾吧？歡迎暢遊蒙大拿公路，比爾。」

既然他現在有駕照，也想有部車，沒有理由不跟安迪收購他那部舊車。安迪說，根據「藍書」二手車行的估價，再打九折給他，還可以分期付款，從他的週薪裡面扣。

他其實可以用現金一次付清。那條原本綁在腰間的現金袋，越來越厚。但他還是決定折衷一下，先付給安迪一半車款，另外一半從每週的薪水裡面扣。

「你還存了不少錢。」安迪說。

「我哪有地方花錢？」

「在越溪是花不了。當然你還是得三不五時帶女朋友吃頓好的。聖誕節禮物、生日禮物。外帶請老天爺幫忙，讓你別忘了情人節。花或糖果，如果你夠聰明，最好是花跟糖果。」

他有提到過卡蓮妮嗎？想不起來。不過，這是個小城，什麼事情都瞞不了人的。

「我會謹記在心。」他說。

「如果你墜入愛河，你得感謝主、感謝天使，你只需要記一個生日、只有一個女人要送花。別逼我開始唸。錢要省起來，比爾，這是好習慣。時候到了，也許你該做點小小的投資。」

「喔？」

「別在意。我們以後再談也成。」

那天晚上，他帶卡蓮妮去康尼斯托嘉客棧。看到他的車，她大驚小怪，過於溢美，他很委婉的說：這車並不是凱迪拉克。

「但這是車吧？」她說，「而且是你的，好刺激。你上次有車是什麼時候？」

也就是四月，他想。他開部別克的老爺車，來到加爾布雷斯。他花了點錢，修理傳動系統、換了兩個輪胎。但是，他帶著行李登上長途巴士，卻把車扔在那裡，因爲，在追捕威廉・傑克森的時候，這部別克可能會成爲線索。

他上次有車是什麼時候？從技術的觀點來看，那部別克還是他的。似乎沒人在找他，因爲他並沒有把一具屍體留在加爾布雷斯。但他也不會想回去取車，只是呆呆的想，現在那車歸誰了呢？耗油，但你本來就知道。

但他嘴裡卻說，「喔，有好長一會兒了。」

他開到圖書館放下她，停車，等著她去取車，跟在她車後，回到她的住處。他其實沒有什麼興致，滿想開車回自己的家，但他覺得這樣做並不大好。

他很快的就興致勃勃起來。「這是我在書上讀到的。」她說，迴避他的眼神，繼續各種動作，全都是賽德港妓院討好客人的技巧。

他開車回卡拉馬塔。在餐廳後面有四個停車位。走路上下班的安迪，把他的豐田停在其中一個格子裡。賣掉這部車的時候，他說，「買車附車位。你在米妮克太太那邊，住得舒服是舒服，可是沒地方停車吧？」

他把車停在車格裡，走路回家，突然想起他那瓶老烏鴉喝得差不多了。每天兩盎司，一品脫的酒，八天就喝完了。最近他改買五分之一加侖，五分之一加侖是二十六盎司帶點零頭，支持得久些。如今瓶子裡只剩一點了，兩盎司差一點。所以他繼續往前走，在牧場主人酒吧前停下腳步。

酒保連問都沒問，伸手取了一瓶五分之一加侖的老烏鴉，塞進紙袋前，動作停了下來。「J. W. 丹托波本特價，」他說，「一般比老烏鴉貴一塊錢，但不知道誰決定，這個月降價，便宜三塊。」

他考慮之際，酒保在他面前放了個小酒杯，倒了些丹托波本。「小店請客。」他說，「您先嚐嚐，喜歡再買。」

他舉起酒杯，一飲而盡。「感覺跟老烏鴉也差不多。」

「你知道你懷念什麼嗎？」酒保說，「那個俐落的小鳥酒標。」

他點點頭。酒保把老烏鴉放回架上，給他換了一瓶丹托，放進紙袋裡。

他付了酒錢，正想接過零錢，突然僵住，追點了一小杯丹托波本。站在那裡，端詳良久，隨後舉杯，乾了。接著，又點了一杯。

他決定，夠了。足夠讓他有感覺，而他也的確感覺到了。不壞，是他亟欲召喚的感覺，就像他想要喝一杯一樣。他很謹慎的步行回家，很謹慎的用鑰匙開門，很謹慎的踏上樓梯。

他把瓶子放下來。他的抽屜裡，現在有兩個酒瓶了，恐怕不大方便吧。既然老烏鴉的瓶子裡面，連一杯的量都不足，他想，乾脆把它喝完算了，第二天早上就可以把瓶子扔掉。

他決定等會兒、決定五斗櫃最下面的一個抽屜，只有自己會開，兩個威士忌酒瓶塞在一起，多放個一兩天應該無妨，大可等到自己還能禁受再一杯波本的時候。

但是在他上床前，有些旁的事情要處理。

他取出他的錢袋，在一堆鈔票後面，找到他的北達科達駕照。上面有他的照片，姓名是威廉·M·傑克森。他取出自己的蒙大拿新駕照，比較兩張照片，發現這兩張照片比較像，反而跟本人的模樣有點差距。

他留著這張北達科達駕照，預防緊急狀況。如果他被迫開車，有張有效駕照還是比較好。有效期還有兩年。

駕照撕不掉，原料是一種塑膠薄片，很硬。應該燒得著，但在過程中，難免會有臭味。他取出他的瑞士軍刀，用小剪子剪成許多小碎片。駕照頗爲難剪，小剪子也沒什麼施力的地方，折騰良久，好不容易才裁成他滿意的碎片。他覺得自己跟第一次走進牧場主人的時候，一樣清醒。

上床睡覺之前，他跑了趟浴室，把駕照小碎片沖進馬桶。躺在床上，等待睡意來襲的幾分鐘裡，他突然想到，男人需要的一切，他都有了。他有工作、有地方住、有一個女朋友，在床上、床下都是很好的伴侶。他有輛車，甚至還有停車位，蒙大拿的正式駕照，想開車到哪裡去，都不成問題。

男人需要的一切。

他醒來的時候，頭疼，口乾舌燥。但心思卻像水晶一樣清明，一段記憶讓他狐疑不已：明明是去買瓶威士忌，爲什麼遏抑不住連乾三杯的衝動？

沒有答案，反正也無傷。兩杯水解了他的渴，一把阿斯匹靈擺平了他的頭疼。

看看鏡子裡的自己，還是他一直看到的那張臉。沒變好，但，也不差。

該去迎接新的一天了。

一個星期之後，他一個人在值早餐班，安迪直到午餐時間才進來。那個中午匆匆過去，安迪說，「你知道一件事情嗎？比爾，你讓我思考起來。」

「喔？」

「派。特別是胡桃派。」

「還剩兩塊，你可以來一塊。」

「你讓我開始思考的起點，」安迪說，「是大黃派加香草冰淇淋。每次，我推銷出一塊派，我就會問：『要不要搭一球香草冰淇淋？』如果是大黃派，答案一般是好，其他派，有時要，有時又不要。儘管最後決定要的比例，還值得一問，但不像大黃派那樣具有壓倒性的優勢。」

「兩者之間可能有一種天然的親密關係吧，我猜。」

「親密關係，我想的確有，點子就是從這裡冒出來的。我想要引進一種新的冰淇淋，你猜什麼口味？胡桃奶油。」

「搭配胡桃派？」

「你不覺得兩者之間也有親密關係嗎？」

「我正在揣摩搭配起來的味道。」他說，「我想應該不壞，但是，那聲音會有點困擾我。」

「聲音？」

「胡桃、胡桃奶油。」他說。

安迪想了想，點點頭。「像是回聲。」

「是啊。之類的，相同口味的兩倍分量，但你的確碰觸到一個很可以發揮的空間。

大黃加香草，胡桃跟什麼？」他馬上就想到了，但故意沉吟一會兒，讓安迪可以跟上。

「喔！」他說，「我想這口味應該可以。」

「什麼？」

「只是個想法，我猜蘭姆葡萄乾可以。」

「您的胡桃派要上了，需不需要添一球蘭姆葡萄乾冰淇淋？喔，我喜歡這點子。我幾乎都可以嚐到味道了。你乾脆試試看算了。」

「我不大喜歡甜食，安迪。」

「沒錯。回想起來，我不曾看你吃派或者冰淇淋。不過你是搭配食物的天才。你知道我爲什麼特別欣賞這個組合嗎？點這樣豐盛的甜點，膽子已經要很大了，更刺激的是還加點了聽起來像是酒類的搭配。你不會湊巧知道在蘭姆葡萄乾冰淇淋裡面，根本沒有蘭姆酒吧？」

「你的意思是，他們只是增添了蘭姆酒風味而已？」

「是啊，否則你不是需要售酒執照才能賣這款冰淇淋？只有少數人才需要知道這個產業秘密。不是有四個女人，每個星期三在第一衛理教會縫完拼花被之後，會來店裡坐嗎？你知道我在說誰吧？」

他點點頭，「總是坐在卡座。」

「每一次都是相同的卡座。我記得我招呼過她們，『其中最好有一球香草冰淇淋，留給擔任指定駕駛的那位女士。』」

「這個哏應該屢試不爽。」

「我現在要做的事情，就是在我忘記之前，趕快把訂單送出去。蘭姆葡萄乾。眞不知道摩門教徒做何感想？我想我們會弄明白的，是不是？喔，一定會很好玩，比爾。你知道嗎？我們要賣更多的冰淇淋了。」

那個星期稍晚的時候，他開車到卡蓮妮家，準備接她出門，但她卻邀請他到家裡坐坐。他一踏進門檻，鼻端迎來了食物的氣味，他就知道今天晚上他們哪裡都不會去了。

她在餐桌上擺好了不差的瓷器還有布餐巾，請他坐好，自己跑到廚房端出兩個盤子，送到桌上。

比利時燉牛肉。牛肉切丁略炒，放進啤酒，隨後加入馬鈴薯、根莖蔬菜細火慢燉。她昨晚就把準備工作理好，上班前，倒進慢燉鍋中。

「實在是很緊張。」她說，「在一個以做菜為生的男人面前，端上自己的手路菜。味道還可以吧？是不是？」

好吃極了，他告訴她。她買了三瓶啤酒、一瓶德國黑啤酒，結果只用了一瓶，所以用餐時，一人配了一瓶啤酒。吃完飯，兩人窩在沙發上看電視，然後上床。做愛的過程，緩慢而溫和，但激情還是攫取了他們兩人。

事後，他放任自己昏睡一會兒，隨即想要站起來。她說，「不，你累了。」

「他們會看見我的車的。」

「那又怎樣？那車不壞啊，沒有什麼好丟臉的。」

「我的意思是——」

「我知道你的意思，你擔心我們可能會嚇到某些人？大家都知道我們在一起。」

「在一起。」

「我們可以明天早上再定義我們的關係。」

第二天早上，兩人並沒有議論定義的問題。她反倒建議他在她家留幾件換洗衣物，還有，喔，剃鬍刀，之類的生活用品。

他沖了澡，穿上衣服，喝了杯咖啡。

買下安迪的豐田車六個星期之後，他開始懷疑要到什麼時候，安迪才會找他談那個要他好好斟酌的投資提議。他不急，但知道總有這麼一天。

某個夜晚，越溪飄了點雪花。兩天之後，冬季的第一場雪正式報到，儘管第二天太陽一出來，就化了。來餐廳吃早餐的顧客，因而得到一個聊天的話題，每個人都在議論，不過內容都很無聊。

等到客人散得差不多了，安迪端了兩個馬克杯的咖啡，朝海倫點點頭，她立刻接收到訊號，謹守她在櫃臺後的位置。「來吧。」他跟比爾說，「咱們倆聊聊。」

他們挑了後方的一個卡座，面對面坐定。「這番話在我心裡盤算好幾個月了，現在是讓你知道我到底在想什麼的時候了，說不定你已經猜到了。」

「所以，你不是要開除我。」

「我是啊，我正在集氣。」他啜了一口咖啡。「媽的，你應該知道吧？開餐館開一輩子了，是何感受？我又不年輕了，有什麼想做的事情，最好趁早做。」

「比方說到巴黎去旅行？」

「這事兒絕無可能。就算太陽打西邊出來好了，成天顧餐館，我又能上哪去？我接下來過什麼日子，你應該揣摩得出吧？」

「應該可以。」

「我每天都被困在這裡。難不成要我鎖上門，把鑰匙往防洪道裡一扔？這個小城對我很好；我對用餐的客人、在這裡工作的員工，回饋也不薄。但這可不意味著我欠他們什麼，只要我們供的餐味道還可以、薪水過得去，也就兩不相欠了。難道卡拉馬塔關了，這裡的人就會餓死不成？」

安迪的眼光偏向一側，沒在看什麼，反倒像在遙望過去與未來。尋找適當的字眼吧，比爾想，爭取時間，斟酌接下來要講的話。

「一輩子經營這家小餐館，難道能一走了之？不管你狠不狠得下心，你總希望畢生的心血結晶，不要所託非人吧？」

再次沉默。他設法打破僵局，「我有個感覺，你不是在講海倫或法藍希吧？」

「這買賣不壞，比爾。這麼多年來，養活我、我的員工，身上有衣服，凍不著，而且跟葬儀社一樣，沒有衰退危機。人總要吃吧。經濟差了，去不起高檔餐廳，但還是會來這裡點幾個蛋，簡單塡飽肚子吧？」他的臉色轉爲柔和，「當然還有燉牛肉，」他說，「外帶大黃派。」

「順便加球香草冰淇淋。」他說，「安迪，你自己都說了，這生意不壞。換句話說，這裡還挺值錢的；再換句話說，你沒理由收攤啊。」

「不，我想要賣掉這個餐館。」

「你這樣想，也沒什麼不對。如果我有錢的話——」

「你拿不拿得出兩千五百塊？」

他錢袋裡的現金大約是這個數字的一倍多一點。

「就算我有好了，這麼點錢能買什麼？那把大咖啡壺？外帶櫃臺前的兩把凳子？天啊，除了建築物，裡面什麼東西都是你的，這是眞的產業啊。」

他舉起一隻手阻止他。「我跟我的會計師商量過了。」他說，「行得通的。你簽個字據給我，兩千五百塊算是定金，其他的按照一定的比例攤還。我忘記總共要多少年，你才能還清，但這段時間裡，我保證你的日子會過得很舒服。有朝一日，到了彩虹的那一端，自由、清朗。」

「天啊。」他說。

「你現在需要的是好好想一想，比爾。我不會現在回家打包走人。我想我還需要一個蒙大拿的冬天，免得我忘記它有多嚴苛。你有的是時間考慮，跟會計師把比例研究出來，等律師把所有文件備齊。我希望能在明年五六月間，握手成交。一旦簽字，你就是卡拉馬塔的新老闆跟經營者。」

「還眞有不少事情得想。」

「那是當然——或者想也別想，就這麼幹了，全在你的一念之間。附帶一提，卡拉馬塔這個店名，沒理由不能改成你喜歡的名字。」

「我要改成什麼名字？」

「半個城都管它叫『大災難』，你大可換個招牌，避開這個諧音。」

「大家管這個餐館叫做，」他說，「安迪的店。」

「頭一兩年，大概大家還是會這麼叫；接著，就會改口成比爾的店。很快的，十個人裡面只剩一兩個還記得這間店的來龍去脈。天啊，我都快要詞窮了，反正，這就是一家他媽的餐館，一家我好想扔開的餐館。你第一天幫我做蛋捲，我的腦海就浮現個印象，也許這家餐館會由這傢伙接手。你想一想，好嗎？」

接下來三天，他還眞的不時會想想。然後，他告訴卡蓮妮。

他們倆坐在電視機前的沙發吃披薩，她傾聽他詳述安迪的提議。她是很好的聽衆，給人足夠的抒發空間，這是他最喜歡她的特點之一。

他講完好一陣子，卡蓮妮還是沉默。隨後，問了一個讓他很意外的問題。她問他有沒有考慮改店名？

「我不知道。」他說，「妳覺得我該改嗎？」

「我想，答案取決於你想要改造的幅度。」

「怎麼說？」

「我不知道。你想要重新裝潢嗎？更改菜單？」

「重新刷一層漆倒也無妨，不用急，改動不算太大，但看起來不會這樣陳舊。菜單嘛，我應該不時調整一下，增添點新意。妳知道嗎？我應該會拿掉兩三個希臘菜，比方說，Pastitsio（希臘千層麵），大部分的顧客根本不知道那是什麼，不如改頭換面，變成大家都比較熟悉的Lasagna（千層麵），這樣一來，比較容易賣得動。」

他又跟她講了幾個想法。她說，「聽起來你很興奮。」

「有一點。」

「好像還有旁的心思。你在遲疑什麼？」

「我眞的知道怎麼經營餐廳嗎？」

「我會說：你的經驗很豐富。」

「做菜，賣吃的，還不賴。但我知道怎麼做老闆嗎？」

「你不是一直在觀察安迪？」

這些年來，還觀察了好些別的老闆。「光看就知道，開餐館不是一件容易的事情。」他說，「雇用人、開除人，跟供應商打交道，光想就頭疼。」

「我想也是。」

「在我自投羅網前，他不是快發瘋了？我當然也能學他那樣經營餐館，跟法藍希、海倫一起，但除非我能找到替手，我也會做到死。」

「你就放個啓事在窗台。看看哪個很帥的陌生人，剛好下車，路過就會看到。」

「是啊，最好是這樣。我還希望他能看到另外一個很辣的圖書館員，決定留下來。安迪賺了不少錢，可不保證我接手之後，依舊大發利市。我可能會破產。」

「萬一破產，你要怎麼辦？」

「我把餐館還給他，搭下一班巴士離開。」

「就算你把餐館還給他，」她說，「也犯不著搭巴士離開。無論如何，你得先破產，才需要盤算下一步。就我看來，沒這可能，因爲你實在很會做餐館。」

過了一會兒，他說，「妳知道嗎？也許我明天該去趟圖書館，研究一下，餐館怎麼管理。」

他在十點多的時候，進入圖書館，在管理跟餐飲區塊，瀏覽了好一陣子，取下兩本書，拿到閱覽桌邊，坐下來看。讀著讀著，他發現腦子裡一片空白。字句在他的眼前晃過，隨即在記憶的另外一頭消失。

他把書放回架上。根據規定，讀者必須把書留在原地，因爲館方並不相信一般人會把書放回正確的位置。但他記得很清楚，放回去不成問題。

他走到電腦區。四部電腦都空著。他選了一部，坐下，登錄，胡亂瀏覽起來。他找到幾個千層麵的食譜。這道菜千變萬化，除了大片的寬麵條之外，並沒有什麼非要不可的食材跟佐料。就他所知，再隨興一點，有沒有麵片，其實都可以商量。

這會很有意思的。試試不同的做法，挑出他最喜歡的一種，然後呢，隨心所欲，更換不同比例、調味，直到做出他理想中的味道。

他也可以拿別的菜來實驗一下。菜單上的主要菜色，他都是照著安迪的做法，如果他頂下餐館，當然可以有自己的規矩。

想到威廉・傑克森與北達科達加爾布雷斯。但什麼也搜不到啊，他提醒自己。他匆匆出逃，登上巴士的時候，還可以感受到地獄之犬，緊追不捨，氣息噴在他脖子上的驚悚。沒必要窮緊張吧，是不是？

他想，在臨床上，這就是恐懼的徵兆；酒精在他記憶力上，鑽出好些洞來，就會自動冒出來。又不是多久以前的事情，哪有可能遺忘？他只好往壞處想。他一定做了壞事，壞到說不出口。要不，爲什麼記憶會堅拒登錄？

他害怕犯下了滔天大罪，言行自動跟著緊張起來。沒有理由的恐懼，沒根沒據。

他吸了一口氣，秉住一會兒。

然後，他做了一件許久以來，不曾做過的事情。上一次是什麼時候，他已不復記憶。到越溪來，他不曾做；在加爾布雷斯，他不曾做；在加爾布雷斯之前、在更前面的地方，他都不曾做過。

他進入Google，在搜尋欄裡輸入「華特．拉坎尼」，按下Enter。這次跑出好多連結，多半跟西德克薩斯州有關，比較新近的資料把這個人歸類爲「未解懸案」。網站上的故事細節略有出入，主要的內容倒是非常一致。一個名爲潘蜜拉．索爾斯頓的女性被人勒斃在自家的拖車裡。她跟離異的前夫，原本住在這裡。她在死亡四十八到七十二小時之後，屍體才被發現。

他的前夫理所當然的被視爲涉嫌最重大的疑犯。但他在接受偵訊的時候，所提出的不在場證明，卻是難以質疑。潘蜜拉最後的身影出現在平野市邊緣的公路小館，距離她的住處不到兩哩。她經常在那裡廝混，特別是她先生搬出去之後，一半以上的日子，都會帶這個男人或那個男人回家過夜。

很難判定她到底在哪一天斷氣，也沒人說得上來，誰是她最後的入幕之賓。浮現過幾個名字，有幾個男人被迫自清，證明當天晚上他們並沒有待在潘蜜拉家。交集慢慢落在名爲華特．拉坎尼的簡餐廚師。沒人看到他跟潘蜜拉離開公路小館，不過，有兩個人記得他曾經跟她講過話，赫爾郡警方開始調查他的下落。

但他卻下落不明。前一天他還在平野市，第二天就不見了，原本應該在葛理德家庭餐廳上早班的，沒來不說，連通電話也沒有打。他是廉價旅館的長期住客，租金週付，但是，他卻把衣服留在櫃子裡、浴室裡的盥洗用具也沒收拾、車還停在他的車格裡。有可能他也死了，被殺死潘蜜拉的凶手一併處決。要不就是自我了斷，尋塊渺無人煙的麥田，飲彈自盡。

他的屍體始終不曾發現。從梳子上取出頭髮，驗得的DNA，經過比對，跟潘蜜拉指甲縫裡的完全吻合。就當地執法單位來說，他們鎖定的華特·拉坎尼已經不只是嫌犯。他們有足夠的證據可以結案，只是他們無法釐清疑點，因爲他們完全查不到這個人的下落。

名字眞奇特，華特·拉坎尼。

應該有辦法可清掉電腦的搜尋記錄。他找了半天，終於找到了這功能。他清掉了過去兩年的所有搜尋歷史，又胡亂搜尋了一些食譜跟餐館經營訣竅，刻意留下一些記錄。

即便如此，有關華特·拉坎尼的搜尋，也不可能沒有留下任何蛛絲馬跡。電視節目經常報導，凡使用電腦，必留下痕跡，一輩子如影隨形，無法清除。在電腦的硬碟裡，在谷歌無窮無盡的各種記憶體裡，在華府某些後設資料（metadata）的數據庫裡。

但是，他們必須費盡苦工，才找得到，得有極具說服力的理由。目前他們還沒有，他無意給他們啓動追蹤的動機。

第二天，他到卡拉馬塔上工，做了好多道的早餐。十一點左右，他幾乎要跟安迪表白，但他還是拖到了下午都過一半的時候。

然後他說，「我仔細考慮過了，其實，我當場就可以輕輕鬆鬆的回答你。你的提議好得沒話說，除非我得了失心瘋，否則根本想不出拒絕的理由。唯一遺憾的事情是：我會懷念跟你一起並肩料理的時光。」

「那麼，你唯一的問題也好解決。跟我一樣，找個能幹的二廚。我會請我的同事，弄張啓事貼在窗外，『誠徵二廚』，聊表心意，我的建議也只能給到這裡啦。我們是不是成交了？」

剩下的當班時間，他都在想電腦搜索、想德州平野市。從鍋柄（這名字取得眞傳神）望出去，唯一的景色，就是一片平野。

實在是個很舒服的小地方。

潘蜜拉（Pamilla）・索爾斯頓。他不知道她姓什麼，不知道爲什麼她的名字跟尋常的拼法不同。她是怎麼發音？怎麼唸自己的名字？他一頭霧水。眞的是唸潘蜜拉，跟沙拉一樣壓尾韻嗎？

潘，大家都這麼叫。

記不清她的長相。他再怎麼樣努力回想，都是報紙照片拼湊起來的模樣。

他到底記得什麼？

跟她聊了會兒天，請她喝杯酒。他打了一條細繩結領帶——嗯，這裡是西德州啊，又是牛仔酒吧。而她則是打了條波洛領帶（bolo tie）走進來，青綠色的環扣拉得很高，緊貼喉嚨，她的身體微微靠著他，讓香水充斥在他的鼻端。

他就只記得這麼多。

直到他在旅館房間醒來，衣服仍在身上，連靴子都沒脫，四肢攤開，趴在床上，腳還拖在地板。

在她扯緊他的領帶之後，記憶一片空白。腦子空洞洞的，只知道發生了極難收拾的壞事。

他坐在往北的巴士裡，前往路波克的路上，他突然懷疑自己得了失心瘋。帶著不祥的預感醒來，就此落荒而逃？扔下所有的家當，就連比這輛爛巴士舒服得多的汽車，都置之不理？而這一切只是因爲宿醉猛烈，無法判斷到底發生了什麼事情？

過了幾分鐘，他感受到前臂的酸楚，注意到袖子上滲出的血跡。捲起來，看到抓傷。

他一直到第二天晚上，才見著卡蓮妮。他很想告訴她自己的決定，機會卻一再錯失。他們去看了電影，但他的心思一直從劇情裡飄開，腦海不斷模擬兩人的對話。電影結束之後，他決定隨它去，過陣子再說。

他不想讓她從別人嘴裡聽到他的決定。風聲已經傳遍越溪了。一兩天之後，他的焦慮終於得到紓解，因爲她主動問起他到底決定了沒？

「我想在安迪提出他的要求，當下，我大概就決定了。」他說，「他說，『想也別想，就這麼幹了。』我猜他是對的。」

「無論如何，這是很大的一步。花點時間考慮，是很聰明的。恭喜啦，餐館老闆先生。」

「很好。接下來，他們會幫我開個電視秀吧？就像是那個叫什麼名字來著的？」

「艾默洛（譯註：Emeril Lagasse，美國知名廚師，經常出現在「頂尖主廚大對決」節目中）？」

「我想的是那個環遊世界，一天到晚在吃蟲子的那個。」

「安東尼．波登。我們圖書館裡有幾本他的書。」

「如果我想要料理蟑螂的話……」

「你會知道上哪裡去找。親愛的，我們應該慶祝一下。這次換我帶你去吃晚餐。明天晚上如何？」

「好啊。」他說，「迫不及待。」

做愛開始出現慣性，但熱情如常。即便他非常享受，依舊可以感受到悲傷一波波襲來。

待她喘息漸定，他溜下床，套好衣服，開車回家。車留在餐廳的停車位，走路回家。

第二天晚上，他從卡拉馬塔打電話給她，說他身體不舒服，而且地上的積雪比氣象預測厚上許多，也許明天，或者後天，更適合吃慶祝大餐。他在離開餐廳之前，會給自己料理點吃的，回家之後，早早休息。

「快點好起來。」她告訴他。

店裡還剩一塊胡桃派，他決定拿它當晚餐，還加了一球蘭姆葡萄乾冰淇淋。味道眞的很搭，相得益彰，同時提升了兩者的質感，派跟冰淇淋。

他當然知道爲什麼。蘭姆葡萄乾跟胡桃就是好麻吉。

他有能力把這個地方經營得很出色。這餐館現在已經不壞了，但他不斷湧出的創意，可以讓它更上層樓。

他慢慢走回去。地面開始積雪，人行道上倒是挺乾淨的，他的靴子應付幾吋的積雪不成問題。他走進米妮克太太家，在入口處重重的頓了幾次腳，上樓，進入房間。他的外套是厚重的法藍絨格子外套，從沃爾瑪買來的，紅黑方塊相間的毛料。剛把它掛好在門把上，他立刻從五斗櫃的最下層取出丹托波本。

酒瓶裡大約還剩三分之一多一點。他倒出兩盎司的威士忌到量杯裡，把椅子搬到窗戶邊。平靜，地上有些積雪，萬籟俱寂。

他很適合這裡，他想。在這個房間的床上，他睡得很安穩。即便在冬天，去卡拉馬塔上班還是很方便。就算是有車，也不必開車上下班。每天走路上班，讓血管裡的血液活絡一些，累積一天工作的活力。每天走路回家，可以讓他在路上，慢慢的卸下工作上的緊張。

他能留下來嗎？

因爲這裡完美適合新來者、二廚、櫃臺幫手，租個附裝潢的房間。而在城裡，他已經不算是陌生人了，不再是下了巴士、胡亂找個工作的流浪漢，歇歇腳、攢點錢，琢磨接著往哪兒漂泊。他越溪待得夠久了，大家都認識他，至少都知道他假冒的身分。他是比爾，在卡拉馬塔工作，幫安迪打下手。也許他該找個眞正的住處，既然他已經定居下來。

總不能比米妮克太太的房間還寒酸吧？

很快的，大家就會知道他即將要接手餐館。再過不久，他就是老闆了。一個餐廳老闆還住在租來的房間裡，不管有沒有裝潢，像話嗎？

像他這樣地位的人，應該有間公寓。獨棟的房子都不爲過，眞的。

他舉起杯子，這才發現他已經把酒乾了。他考慮眼下的情況，走到五斗櫃邊，一瓶酒，放在那裡，等待。他刻意把酒瓶擱在櫃上，沒收進抽屜裡，或許就是期待這樣的時刻。

他又把兩盎司的波本倒進玻璃杯裡，往椅子走去。拿著那一杯威士忌，這一次連瓶子也帶上了。

波本滋養了他的想像力，而他放開韁繩，隨意馳騁。他看到自己搬去跟卡蓮妮同居。保留這個房間，卻跟她住在一起。這個小城應該可以容忍這種事情，好些男女都住在一起，也沒有結婚。以前越溪人會覺得，如果有了小孩，還是應該把手續辦一辦，時到如今，這種道德議題，也不是不能商量。

同居，終究有點妾身不明。過沒多久，他跟她求婚。即便先前她不曾暗示，但這段話還是她愛聽的。他想像中的婚禮，是比較簡單的那種：兩個人站在小城的辦事員或者治安法官前面，這要看蒙大拿的婚姻認證，究竟採行哪種方式，牧師也成，如果她想要，反正他沒差。就他們兩個人，或者請安迪當男儐相，再請個圖書館的女同事站在她的身邊，看她想要邀請誰。

照著這個路數想下去，卡拉馬塔可以來承辦外燴。

他想給自己添點酒，發現瓶子空了。他根本沒注意自己在做什麼，一定是無意間，多倒了一兩次。他喝了多少？八盎司或九盎司的波本？

不覺得有什麼差別。疲倦得很舒適，那是他每天漫長工作之後總有的感受，但昨天做愛時，不斷遊移的悲傷，卻也不時襲上心頭。他帶著悲傷睡去，帶著悲傷醒來，它始終都在。

他們結婚之後，就可以賣掉她的房子，換成空間更寬敞、地點更便利的住處，也許在餐館東邊半哩左右的地方。那種維多利亞老宅，面積比他們倆需要的大得多，會有用不上的房間，他們得重新裝潢，或者空在那裡。

一個大廚房，非常有可能。正式的餐廳。

也許有間陽光暖廳。前陽台，說不定二樓也有陽台。

樹。前有草坪，後有庭院。

對他們倆來說，好像都沒這需要。但他就是想要這樣的房子，爲什麼自己也說不上來。也許是他打幼時開始，就沒有住過大房子，也沒聽說誰家這樣氣派。

就是喜歡豪宅的排場。距離大街半哩的距離，也就是說，他還是可以走路上下班。給自己倒杯酒，帶到前陽台，坐在搖椅上，細啜波本。

兩張搖椅好了，她也可以坐一張。兩個人，挨著坐，在陽台。他話不多，偶爾聊聊一天的工作，她也是，兩個人陷入沉默，什麼也不消說，共享無言的時刻，很滿足。

一個男人所需要的一切。他所需要的一切，就等他點頭說好。

外頭又開始下雪。雪勢也不十分猛烈。大片的雪花在光影中墜落，美得讓人心碎。

他坐著、看著、想著，望向空的杯子、空的瓶子。

他站起來。

他一踏進酒吧的大門，牧場主人的酒保就拿了一瓶五分之一加侖、沒開的丹托放進紙袋子裡。他搖搖頭，那傢伙就說：「還是想換回老烏鴉？」

「不，丹托很好，但不需要一瓶，我只想喝一杯。」

「純的？」

「加點水吧。來個雙份。」

他舉起杯子，端詳半晌，環顧房間。電視在播足球，靜音。他跟酒保之外，散落坐著六七個酒客。絕大多數看起來都有些面善，只是沒有講過話。

酒杯空了。酒保又給他倒了一杯，自己把酒錢從他面前的零錢取出來。

水杯還是滿滿的。

他喝第二杯雙份。喝第一杯的時候，他沒在意；喝到這一杯，才開始留心，花點時間，把酒精妥善安置在身體裡。但他卻沒有感覺。他知道他已經喝了不少，酒意隨時會爆發，但就是一點感覺都沒有。他不覺得自己清醒，也不覺得自己醉了。他的感覺就是——就是……什麼？

找不到合適的字眼。

電視上出現一則廣告，某人把啤酒倒進玻璃杯子裡。他喝的最後一杯啤酒，就是卡蓮妮做比利時燉牛肉的時候。這一杯的前一杯，久到不復記憶。喝啤酒沒有什麼不對，只是無謂。男人喝酒，除了威士忌之外，還有什麼值得一喝？

「再一杯？」

爲什麼不呢？

身體不舒服。這是他給卡蓮妮的藉口，取消今晚的約會。來到室外，扣好沃爾瑪羊毛外套的釦子，手指僅有些微的僵硬。他告訴自己，這裡有很難過的天氣要適應。雪持續降下，微風，颳不動靜靜墜落的雪片。

他喝了第三杯，但拒絕了第四杯。站在大雪紛飛裡的他，不知道該上哪去。向右，就會走回米妮克太太家；往左，然後呢？

走過一條半街，他想，就是「巴拿馬紅人」。他從沒進去過，但聲名遠播。他曾經聽聞，裡面的酒客粗野得多。

站在那兒，試著決定。向左，還是向右？

這是他最後記得的事情。

他的眼睛倏地睜開。在任何影像映入眼簾之前，強迫自己閉上眼睛。他希望自己重回無意識的狀況。但他醒了，不管喜歡不喜歡。

他攤在地板上，一隻手臂壓在身體底下，姿勢很彆扭。眼前一片黑暗，他試著運用別的感官，能不能察覺什麼？他覺得冷，覺得一隻手夾雜著痛苦與麻木，他身體的重量阻撓了血液循環。他聞到嘔吐的味道，在喉嚨深處嚐到血腥味。

他什麼也聽不到。

他因爲恐懼眼前看到的事物，而不敢睜開眼睛。但他因爲什麼也不知道，感覺更加害怕。

他強迫自己睜開眼睛，看看他到底在哪裡。他攤開四肢，趴在住處的地板上。他緩緩移動，先跪著，再站起來，深呼吸，想要重拾平衡，身體卻不禁搖晃了一下。

很明顯的，他還是掙扎回到自己的房間，也記得關門。他坐到椅子上，至少想要坐上去，卻把椅子坐翻了，力道猛烈，還折斷一根椅腳。

他吐過。地毯上有穢物，羊毛外套的前襟也有一絲絲嘔吐的痕跡。他還穿著那件外套，勉強解開釦子，但在他坐下前，就已經昏了過去。或者，他就這麼一路回家，根本連釦子都沒扣上過。

現在想這些未免無聊。沒有時間可以浪費。

謝天謝地，走廊上沒有人。他奔進浴室，盡可能的把自己整理得乾淨些。洗手、洗臉。他的鼻子出血，或者是別人的血。他拍了點水，覺得有些刺痛。他不能因爲痛而遲疑。他浸濕一條毛巾，用力擦了擦外套上的血跡，接著清理裡面那件衣服。

外套上沒有什麼血跡，反倒是裡面那件沾到的血更多。那是一件長袖的POLO衫，從加爾布雷斯開始，就一直跟著他。他懶得費功夫去清洗了，因爲他還有別的襯衫可以穿，但是，這種氣候，他需要外套。

動作快。不要停下來想，沒有時間想。稍後，稍後他會有他想要的思考時間，可能會比他需要的還多很多，眞的。

回到房間，脫掉沾了血的POLO衫，扔進垃圾桶。扯開抽屜，拉出他的行李袋，扔在床上，開始塞東西。帶這個，留下那個，全靠反射動作決定，不用腦子。別浪費時間，天啊，沒有時間可以浪費。

要不要帶他的酒杯？媽的，要那玩意兒幹嘛？

但他還是拿了，撿回扔掉的POLO衫，找了個雜貨店的塑膠袋裝好，塞進行李袋。

第一班巴士駛往法爾戈，這不是他想要的方向。他留在車站裡，坐在吧台前的長腳板凳上。彷彿前輩子，安迪曾經跟他說，在這兒用餐，等於自殺，小命不保。但到別的地方，吃別的東西，眼下這種狀況也不可能。他點了杯咖啡坐著。起初淡而無味，在保溫器上放久了，變得跟泥漿似的稠。他還是喝了，點了第二杯。

他的眼神無法從門口調開。門一開，他的身子都會緊一下，等著帶著警徽的某人走進來。一對制服員警一度走到櫃臺，外帶兩杯咖啡，要了大量的糖跟奶精，但他懷疑會有什麼幫助。

他剛把第二杯咖啡喝過略半，車來了。前往斯波坎。

巴士駛離車站之際，他微微放鬆了些。即便在越溪的城市邊緣，有「依限加速」的標誌，他也沒見著。又開始下雪了，的確有可能錯過。

米妮．波兒的故鄉。這句話一直跟著他，倒是妙得很。

他閉上眼睛，發現自己昏沉睡去，不禁感到驚訝。

他醒來的時候，巴士還在蒙大拿。他望向窗外，一列長長的貨運列車，距離北向高速公路大約幾百碼的距離，陪著巴士以相同的速度，逶迆向西。他發現自己正在數這列車究竟有幾節車廂，數著數著，又進入了夢鄉。等他二度張開眼睛，已經進入愛達荷州界，接近柯達侖。他不知道有多大的差別，從這個州進到那個州。邦妮與克萊的時代，州界是這對雌雄大盜的護身符，盒子似的警車，追到州界，也只能無奈的掉頭回家。但現在應該沒這規矩了。

巴士在柯達侖暫停十五分鐘，好些乘客下車抽根菸，伸伸腿。他留在原位沒動，巴士準時駛離車站，比預定時間早了半小時，抵達斯波坎。

這是他第一次來到這個城市。規模比他習慣的落腳地要大得多，自然更容易隱身於市。而且，現在正是一年中，換個溫暖住處的好時機。他在斯波坎下車，挑了一部往南的巴士。在美國、墨西哥邊界，有一串小城市。每個城市都有餐廳，每家餐廳都需要在烤架前，知道該幹什麼的熟手廚師。

一旦找著住處，就要把沾了血跡的POLO衫，盡快扔掉。他非常確定那是他的血，跟旁人無關。很明顯的，他的鼻子挨了某人一拳；但他的指節淤青，說不定他也把對方痛扁了一頓。

兩個醉漢在酒吧裡爭吵，大打出手，還不至於成爲要犯，照片被掛在郵局牆上。如果，他只闖了這種小禍，又何必倉皇逃離？爲什麼要離開他的房間、抛下他的車跟工作？還有，他的女朋友？

其實非常可能：他根本沒被通緝。從加爾布雷斯開始，甚至之前他曾經駐足過的地方，都沒有任何人在追查他。更誇張的是：他極可能沒有跟任何人發生衝突。醉成那副德行，不用人推，照樣會跌個狗吃屎。

說不定他連巴拿馬紅人都沒去成。在抵達酒吧之前，他一臉栽在地上，爲了穩住身體，他的指節因而淤傷，鼻子撞到流血，勉強爬起來，腳下踉蹌，又摔了幾回，才東搖西晃的朝家走去。在路上，停下來吐了一兩次。好容易，才重拾神智，勉強挨到家，上了樓。剩下的情節就清楚了，儘管他什麼也不記得，卻可以在心中看到這一齣——椅子翻倒了，腳底下的地板在造反，燈倒是關了。

抵達斯波坎，才下巴士，他立馬決定找個又熱又乾的地方。沙漠裡的城市，在加州、內華達，或者亞利桑那。

好好的改變一下。

旅途跟「灰狗巴士」共用斯波坎長途車站。灰狗巴士窗口裡的職員，睡眼惺忪，賣給他一張到沙加緬度的車票。他沒打算在那兒長住，只想找個房間，住個一兩夜，從容規畫往南的行程。

他在浴室裡，把POLO衫跟外面的紙袋子，一股腦全塞進垃圾桶裡。趁現在處理比較好，不用擔心哪個好事的清潔人員，會急急忙忙的把它送進刑事局現場鑑識小組實驗室。

自己的血，他非常確定。他大可把自己清洗乾淨，繼續待在越溪。只消告訴米妮克太太，他不小心把椅子坐垮了，全怪他笨手笨腳，願意全額賠償，換把新的。就算是他跟人家打架，就算他在巴拿馬紅人闖了禍，難道還會遭到吊刑起訴嗎？他依舊是老好人比爾・湯普森，循規蹈矩、敬業樂群，總是站在安迪餐館的櫃臺後面，勤奮工作。就算一年有這麼一天，他披頭散髮、爛醉如泥，天啊，苦守清規戒律的神職人員也難免會失態，對吧？

他喝了一杯咖啡，吃了一碟炒蛋跟培根。咖啡普普，炒蛋與培根，如果由他來料理，味道會好得多。至少，他有點胃口了；至少，他的胃裡塞了一點東西。他點了第二杯咖啡，甚至想加點一塊派，但跟他吃慣的一比，想來會失望透頂。

如果他留下來、如果他持續下去，買下卡拉馬塔，他會請希兒妲·派克希爾太太在晚上跟週末來兼差。他有把握把她烤好的派，在出爐之際，立馬銷售一空。

前往沙加緬度的巴士上，一個老先生坐在他旁邊，一上車就開始睡，幸好打呼不算嚴重。他自己也睡了會兒，醒來的時候想，如果他在下一站，換車回到他離開的地方，合不合理？回到越溪、回到他租的房間、回到餐館。回到卡蓮妮身邊。

不過，他不能。

因爲他必須離開。他身體的某個部分一定察覺到了這一點，否則他何必推遲跟卡蓮妮的約會？爲什麼喝光一瓶酒，還要出門買醉？

甦醒之後，發現自己躺地板上，滿身血跡與穢物，懷著無窮的恐懼、懊悔與罪惡感，帶著一切，其中孕育著邪惡的想法。

現在是你的機會。你可以斬斷逃離，你可以把一切拋在腦後。

在他身邊，老頭更換睡姿，嘆了一口氣。

他也嘆了一口氣，試著回憶他爲什麼會帶著血跡、嘔吐的穢物，一身狼狽的躺在地板上。

他的運氣好，臉朝下。有人吐了之後睡著，穢物卡在喉嚨，無法呼吸，送命的都有。不知道發生什麼事情，就此死去。

這也不是件壞事。

國家圖書館出版品預行編目資料

搭下一班巴士離開/ 勞倫斯・卜洛克(Lawrence Blace)著；劉麗真譯. -- 初版. -- 臺北市：臉譜出版：家庭傳媒城邦分公司發行, 2016.10
面；　公分. --（卜洛克作品系列；3）
譯自：Resume speed
ISBN 978-986-235-542-8（平裝）

874.57　　105018225

卜洛克作品系列 3

搭下一班巴士離開

RESUME SPEED

作　　者　勞倫斯・卜洛克 Lawrence Block
譯　　者　劉麗眞
封面設計　王志弘
業　　務　陳玫潾
行銷企畫　陳彩玉、朱紹瑄
總 編 輯　劉麗眞
總 經 理　陳逸瑛
發 行 人　凃玉雲

城邦讀書花園
www.cite.com.tw

出　　版　臉譜出版
台北市民生東路二段141號5樓　02-25007696

發　　行　英屬蓋曼群島商家庭傳媒股份有限公司城邦分公司
台北市民生東路二段141號11樓
讀者服務專線：02-25007718；25007719
服務時間：週一至週五9：30～12：00；13：30～17：00
24小時傳眞服務：02-25001990；25001991
讀者服務信箱E-mail：service@readingclub.com.tw
劃撥帳號：19863813 書虫股份有限公司
英屬蓋曼群島商家庭傳媒股份有限公司城邦分公司
城邦網址： http://www.cite.com.tw
臉譜推理星空網址： http://www.faces.com.tw

香港發行　城邦(香港)出版集團
香港灣仔駱克道193號東超商業中心1樓
電話：852-25086231/傳眞：852-25789337
email：hkcite@biznetvigator.com

馬新發行　城邦(馬新)出版集團
Cité(M) Sdn. Bhd.(458372 U)
11,Jalan 30D/146,Desa Tasik, Sungai Besi,
57000 Kuala Lumpur,Malaysia
電話：603-90563833/傳眞：603-90562833
email：citekl@cite.com.tw

初版一刷　2016年11月

I S B N　978-986-235-542-8

定價250元 (本書如有缺頁、破損、倒裝，請寄回本社更換)